山居图

朱法元◎著

百花洲文艺出版社

图书在版编目（CIP）数据

山居图 / 朱法元著. -- 南昌：百花洲文艺出版社，
2025.5. -- ISBN 978-7-5500-5425-7

Ⅰ. I267

中国国家版本馆CIP数据核字第2025MA4346号

山居图

朱法元　著

出 版 人	陈　波
策划编辑	朱　强
责任编辑	罗　云　钟力津
书籍设计	黄敏俊
制　　作	何　丹
出版发行	百花洲文艺出版社
社　　址	南昌市红谷滩区世贸路898号博能中心一期A座20楼
邮　　编	330038
经　　销	全国新华书店
印　　刷	湖北金港彩印有限公司
开　　本	889 mm×1230 mm　1／32　　印张　7.5
版　　次	2025年5月第1版
印　　次	2025年5月第1次印刷
字　　数	150千字
书　　号	ISBN 978-7-5500-5425-7
定　　价	48.00元

赣版权登字　05-2025-176

版权所有，盗版必究

邮购联系　0791-86895108

网　　址　http：//www.bhzwy.com

图书若有印装错误，影响阅读，可与承印厂联系调换。

在家山的沃野里掏一口生活的深井

——《山居图》序

古耜

一位在文坛浸淫多年的作家朋友告诉我：文学创作"贵打井"而"忌翻地"。意思是说，作家要想使自己走得更远更扎实，一个行之有效的方法，就是锁定一个自己熟悉且感兴趣的题材界域，努力做目光向下的执着探索与持续开掘，不断发现生活底部的真实境况和深层意蕴；而不要停留于生活的浅表层面，做没有难度的现象推衍或主题滑行。朋友这段话确系经验之谈，它道出了文学创作的规律性存在。事实上，近些年来，不少作家之所以能够保持良好强劲的创作势头，正是他们在生活的沃野里"打深井"的结果。其中老作家朱法元先生致力于乡土散文创作所表现出的沉潜笃定、锲而不舍，以及其丰硕的收获，正可作如是观。

朱法元是大山的儿子。矗立于湘鄂赣三省交界处的幕阜山，以其特有的山川形胜、人杰地灵，滋养了作家的血肉之躯，同时也培育了他的情感之维和精神之源，进而成为其生命中历久弥新、无法释怀的一种情结——从身披戎装，到操持政务，再到经营出版，直到致仕荣休，在岁月的长旅中，无论中流击水，抑或中场转换，作家都不曾弱化对故乡的那份思念、牵挂与反刍，相反随着视野的开阔和阅历的丰富，他愈发意识到家山的真髓与乡愁的重量。于是，一种念兹在兹、挥之不去的内在冲动，促使他一次次精神还乡，陆续创作并出版了聚焦幕阜山脉的散文集《沉静的山歌》《天脉》《山魂》，以及长篇散文《山里人家》等。这一系列作品承载着不同背景、不同侧面的大山风光，但同时又贯穿了一以贯之的主体追求：朝着大山蕴藏的生活矿富，做不间断地发掘与采撷。而作家近日由百花洲文艺出版社郑重推出的散文集《山居图》，更是阳关三叠，再出新声，将以往的追求推进到一个愈发深广亦更见幽微的境地，从而使笔下一向逶迤而行的"幕阜叙事"有了整体性甚至集大成的意味。

幕阜山脉绵延一百六十公里，万物大化催生了它奇崛而秀美的自然景观，岁月的淘洗和历史的机缘又赋予它丰腴多彩的人文内涵。于是，生态文明与民族文化交相辉映，成就了幕阜山天造地设的一方热土。作家意欲为这片土地绘形传神，自然需要精当妥切的叙事策略，在这方面，朱法元和《山居图》的文心所寄大致如是：

起笔首先聚焦作为幕阜山之一隅的黄龙山，以高度写实的手法，讲述了老吉一家及其亲朋好友，包括一些有为青年，为改变山乡面貌和自身生存所进行的创造性劳动。特别是讲述了作为村支书的老吉，热心推动家乡的旅游开发和民宿建设，在上级规划尚未下达的情况下，不等不靠，不计自家得失，主动想方设法，把一些基础性、尝试性的工作率先干起来的感人情境，以此构成了社会主义新农村建设的幕阜山的投影，奏响了时代的主旋律。

接下来，作家的笔触向时光的纵深处延伸，其绵密从容的叙事或在记忆中打捞往事，或自史料里搜寻逸闻，从而将幕阜山人在不同历史背景下的一系列形象和事迹推向前台：黄庭坚的先祖黄赡曾任分宁（今江西修水县）县令，卸任后在这里安家落户，弘扬儒家文化。其第三代传人黄中理创立黄氏家规凡二十条，包括孝道、礼让、崇文、互助等内容，在大山内外广泛传播，影响深远。活跃于民间的"春林班""余家班"，竭诚为山民表演宁河戏，一纸"永年"合同由清代沿用到现代，把国人看重的"诚信"二字诠释得掷地有声。还有山里人"迎客三旦"的待人之道；宁可少赚钱也要"对得起良心"的生意经；劳动妇女独立勤勉的生活态度；"蓝豹抢险队"自愿、公益和不避艰险的助人精神……所有这些，构成了幕阜山人以儒家思想为主干的精神文化传承，同时也展现了这种传承的历史沿革与时代新变，从而完成了有关幕阜山的深层解读。

在悉心发掘幕阜山内在精神的同时，对于其外在的可以直观的风姿气貌，《山居图》亦做了巧妙的点染和生动的勾勒，具体说来有三个堪称精彩的着力点：一是激活风景自然。幕阜山间风光奇异，气象万千，这是自然的魅力，也是大山的偏得。熟悉眼前一切更深谙此中意义的作家，善于抓住不同时段各有特点的风物景观，或浓墨重彩，或移步换形，努力绘制百态千姿，形神俱在的大自然画卷，一时间，山石巍峨，溪水流潺，月光浮动，万籁合鸣，整座大山散发出强大的生命力和辽阔的空间感。二是趣说文化习俗。一方水土养一方人，而这一方人身上又每每体现着这一方水土孕育的生活习俗与文化情趣。作家敏锐地抓住这种联系，随手写出了山里人已是司空见惯，融入日常的"把酒""讲古""茶味""戏韵""压茶盘"以及"月下讲摆""荷塘说藕"等一系列意趣盎然的风俗性场景，借此由民俗和文化传统的角度，强化了幕阜山的韵味与个性。三是巧用方言口语。为家山立传，方言口语既是原生态，更是增色剂。在乡音中长大且足以驾驭成熟的文学表达的作家，在这方面做了成功的探索和实验——将方言口语有选择但又很自然地融入人物语言乃至叙述语言，从而丰富了作品自身的表现力和感染力。

面对新时代的山乡巨变，作家的心情是兴奋的、喜悦的，而由此激起的对家乡的热爱也就更加深切，愈发强烈。不过，这样一些肯定性的情感并没有导致作家观察生活的单向度和判断事物的绝对化；相反促使他从爱是一种感知，更是一种责任，一种担当的意念出发，沿着爱之深而责之切的情感逻辑，在热情赞许故乡发展和历史进步的同时，客观严肃地指出了这一进程中存在的某些"美中不足，瑜中之瑕"：农业退化，耕地荒芜；打工族劳动收入的不确定性和老病带来的困境；一些不良风气沉渣泛起，道德的滑坡，商品经济条件下金钱和欲望在疯狂扩张……应当承认，作家的眼光是敏锐的、犀利的，他所指出的，正是当前新农村建设因为高歌猛进，因而很容易被遮蔽、被忽视的，但又是确实需要认真解决的。这时，我不禁想起沈从文当年写给湘西的名句："美丽总是愁人的。"法元在创作《山居图》时的心境或许与此有相通之处，但他在"美丽"中体悟到的并非浅层的"愁绪"，而是一种根植于士大夫精神传统的深沉之"忧"——这种忧思既是对新农村建设的深切关怀，更是儒家"天下兴亡，匹夫有责"的担当意识的艺术呈现。在中国传统文人的精神谱系中，"忧"从来不是消极的感伤，而是以仁爱之心观照世间的生命姿态，是"先天下之忧而忧"的责任伦理的审美转化。所谓爱之愈深，忧之愈切，这种因挚爱而生的忧思，正是士人"修身齐家治国平天下"理想在艺术领域的诗意投射，彰显着知识分子对传统文化命脉的守护意识与对精神家园的建构情怀。

目 录

卷 一

卷　二

卷 三

卷一

Volume One

山居图

一

"你瞧这房子，条件还过得去吧？"老吉领着我一边参观他的新居，一边热情洋溢地作着介绍。他的房子盖在黄龙山腰一个叫大秧田的地方，主楼两层，外加厨房餐厅，占地不到两百平方米。主楼一层为主人自用，二层六间带卫生间的卧房，全部作为民宿接待客人。老吉说目前山上还没有开发旅游，客人不多，二楼几乎可以为我独占，"写作书画唱戏喝茶，干啥都行"。老吉知道我的爱好，每天就干这些个破事。

单位搞了点小改革，每年老干部的疗养不集中安排了，改为个人自便，经费包干，想到哪里到哪里。我于是就挑中了黄龙山。

面对黄龙主峰，我总是想，这么好的一座山，为什么至今没有开发？论位置，它处在江西修水县的西北边境，与湘、鄂两省交界，素有"一脚踏三省"之称，现在交通日益发达，山脚下的高速公路贯通三省，十分便利。论气候，它海拔1500多米，半山腰之上都是避暑胜地。山上遍布自然景观，奇山异水花海石林到处都是。山下还有一高质量温泉，终年水量充足，又是休闲疗养的佳境。现在除了几家零散的泡澡屋外，大量热水冒着蒸汽在田野里白白流淌。现在的旅游，多侧重生态环境，人们追求的已不是走走看看，而是以休闲保健为主，哪里能享受生活，有好吃的好玩的，就往哪里跑，因此气候、水质、游乐、观赏等自然条件如何，就显得尤为重要。当然如果文化含量又高，那就是两全其美了。恰恰这里的历史文化更是特色彰显，光是一座黄龙寺，以其著名禅宗祖庭的地位，就蜚声中外，名倾僧俗。何况还有屈原、黄庭坚、苏东坡等先贤足迹留痕，有宁河戏、全丰花灯等国家非遗演出，有秋收起义、苏维埃根据地等红色遗迹，真是如数家珍，遍地是宝。可这么一颗璀璨明珠，时至今日还掩藏不露，不见有何动静，真的叫人扼腕叹息。

我每到一次黄龙山，都要发此感慨，十几二十年了，还是"只有香如故"。其实山里的老表比我还急，他们都在翘首以盼，认为不会总这样把资源闲置，这么好的一座名山，有关单位不可能置之不理，总有一天会来组织开发。看到别处的乡村旅游搞得轰轰烈烈，老表们越来越眼红，于是也打起了自己那点宅基地的主意，搞起了先行开发。很多已经搬迁下山了的，又回到了山上，把老屋修起来，或是推倒重建，按照旅游所需的格局，搞起了民宿，吸引三省边地甚至更远一些的游客前来休闲度假，以增加一些家庭收入。老吉的姐夫做得更大，三兄弟联袂建起了一座大屋，有十几间客房，门前还挂上了"大秧田民宿"的牌子，他女儿还在网上搞起了直播，说这里夏日清凉，空气富氧，山珍好吃，还能躺在床上看日出。还真招来了不少游客。

只可惜这种零打碎敲太不起眼了，根本形不成规模，老表们光靠这个还是很难赚到几个钱。老吉为此着急上火，苦于无能为力，也只能先搞再说。

老吉家的条件虽然比不上正规开发的民宿，但对于我来说，只要基本生活设施好用，就满意了。于是这个夏天，我就在黄龙山上住了下来。

二

老吉家的人口不多，夫妻俩和一个八十好几的老父亲。儿子大学毕业后外出工作了，他妻子阿珊就把她姐姐的孙女碧碧带来抚养，她说是为了填补精神上的空虚。阿珊说的也是，她娘家老屋就在山梁那边，翻山越岭是家常便饭，身板结实得很，不费吹灰之力就带大了一个小孩。如今虽年近五十，看上去却仍精力充沛，有使不完的劲。她老公忙于公事，一天到晚不落屋，自己又不需种田，那点家务事，就是广东人说的，"洒洒水啦"，有个孩子养着，还能充实些。碧碧只有三岁多一点，却是惊人的乖巧，她姨奶在忙家务的时候，她能接待客人。见有人来了，她便招呼坐下，还能从茶盘里端出茶来，一一送到客人手上。她端茶每次只能端一碗，还要蹑手蹑脚，努力保持平衡，生怕把茶水抖了出来，脸上却是一本正经，俨然一个小主人，搞得客人感动不已。

老吉不是一般的农民，老吉是村支部书记。

现时的村支部书记，可以说都是地方上的能人，不是能人就当不好村支部书记。老吉那个村叫蕉洞村，听名字就知道处在多深的山沟里。百十户人家散落在黄龙山几道山梁间，高低落差有四五百米，田是挂壁田，地是巴掌地，以前很宝贵，现在基本上都已撂荒。农民年轻一些的都跑到山外经商打工去了，留下老弱病残守着房屋。这样的格局中国到处都是，看起来好像很简单，不需要多少管理，其实要管的事情多的是，很多还是极不容易管好的麻烦事。比如搞新农村建设，上面拨款，帮助村里硬化了道路，粉刷了外墙，地场上装备了健身器材，菜地边上架起了竹篱笆，又整洁又漂亮。可就是难以维护，一些需要村民配合做好的事情，像鸡鸭关养、牛羊入栏，甚至打扫卫生等，有的村民就是难以做到，村里广播叫，会上讲，村干部们分片包干，在山岭间上蹿下跳，挨家挨户劝说，还会发现不时有鸡鸭在地场上跳舞，牛羊在马路上散步，树叶垃圾难以绝迹。

要说县官是芝麻官，那村干部就连油菜籽都不是，村支部书记连正规干部都算不上。但是村干部不得力，却要上面伤脑筋，所谓"基础不牢地动山摇"，所以上面对村一级治理从来没有放松过，先是新农村建设，接着是精准扶贫，后来宣布全部脱贫了，又是乡村振兴，一个接一个工程，叫人目不暇接。实际上明眼人一看便知，这些都是上面拨钱给下面办事，是为农村农民谋利益的大事。但是上面的钱也有限，不可能一下子全部解决，饭要一口一口吃，事要一点一点办，这就有个谁先给谁后给的问题，当然能否要到钱也不光是村支部书记有能耐就行的，还有许多因素起作用。老吉这个村又偏又远又散又穷，村里没有人在"朝中"当官，没法拉关系；远离县镇，做不了"政绩工程"；自己又是个驴脾气，不会去争去"抢"。所以，哪一个项目都没他的份。直到乡村振兴高潮掀起，本地搞秀美乡村建设，他抓住了"文化旅游"这个契机，一边搞民宿旅游方案上报，一边带头先走一步，才引起了上面的重视，开始注意黄龙山这座"金矿"。有天傍晚我和他沿山道散步，站在山岗上，他感慨万分地说，你看那些星星点点的小屋，多像是洒落在山里的珍珠，在熠熠闪光啊。

我看到老吉一天到晚都在忙这些事儿，多数时间是在外面跑，有时也有村民找上门来的。我的脑海里总是浮现出一个影像：一个中年汉子，五短身材，滚圆的脑袋，一张嵌着小眼大嘴的笑脸，蓝色的西服敞开着，套在花格子衬衫上，一根黑色的皮带扎住藏青色的裤子，脚下是一双沾满泥土的轻型皮鞋。他就像一只猴子，不断在山崖沟壑里攀爬穿行。正是在这种攀爬穿行中，山村在悄悄地改变着模样，山民的生活在发生着喜人的变化，他自己也像一只领头雁，始终在新农村建设的天空中展翅翱翔。他好像浑身是力气，永远不知什么是累。有一次我从山下回来，看到他坐在门前躺椅上，躺椅边上绑了一根竹竿，竹竿上挂了一个药瓶。他一边打着吊针，一边还和村干部谈着村里的事情。针管里那一滴滴晶莹的药水，就像是天上的雨水，落在干渴的黄龙山林里，而他不正是其中一棵苍翠挺立的青松吗？

三

住在老吉家，我最敬重的是他的老父亲，我称来叔公。来叔公整整八十七岁，身板精瘦，脊背微驼，布满皱纹的脸上总是露着慈祥的笑容，那张只剩三两颗黄牙的嘴豁然咧开着，使人感到特别善良可爱。住在山上，老吉已经把一切都安排妥当，包括荤素食材等一应生活用品，都从山下运来，根本不需要来叔公做事。可来叔公就是坐不住，他不会打牌搓麻将，买码又不认得字，有一次我看到他在翻码书，凑过去问他捉几号，捉什么生肖。他叫我看本期的一幅画，只见画上有牛和猪，他说就捉这两个生肖的号码。我哈哈大笑起来，说你这是一本去年的码书，老皇历啊！他便笑着骂老吉，说你这个没用的东西，拿本旧书糊弄我，难怪我总是捉不到码。后来来叔公码也不买了，扛起锄头下地去，要把门前几块撂荒了的土地整起来种菜，说是不做事身子会疼，坐不住。老吉老婆怕他有闪失，想阻止他，老吉说算了吧，老把式不要紧的。直到有一天看到他爬到陡峭的山上砍竹子，三根一捆扛下山，足有几十斤重，还劈成竹片，用来扎篱笆。这以前都是青壮年才干的事，来叔公年近九十，竟然还干得很有劲。这下把老吉吓坏了，赶忙去帮他扛下来，吼了他几句"不要命啦，越哇越起劲啊"，老爷子这才收敛些。

来叔公本来不是黄龙山里人，还是在清朝时期，他的祖上就从山外迁徙到了这里。我很是惊奇，这么个猴子都不爬的穷山窝里，竟然还有人迁来住，可见实在是走投无路了。在几千年的历史里，我们的祖先有很多是在不断迁徙中走过来的，比如客家人，比如云贵高原的少数民族，甚至江南一带不少地方的住民，都是如此。战争、饥荒，还有排外、"欺生"现象，把那些穷苦善良的人们逼得东奔西跑，无处安身。来叔公的祖上最早就是在元末明初时，从新安江流域迁来修水的，在修水县境内又辗转迁了三次，才在黄龙山这个鹰愁鬼怕的地方扎下了根。

有迁徙史的族群，大多是很善良忠厚的人们。他们从大老远的地方跑来，经历千辛万苦，好不容易有了个落脚之地，对本地人只有感恩之心，任什么都会谦让三分，轻易不会与人计较。来叔公就是这么个人，即便是训教小孩儿，他也只是轻声细语地劝告："莫痴刁，怕跌，跌倒了不得了。"脸上还是挂着笑容。他在我脑海里留下的就是一张慈眉善目的笑脸，任何时候都是咧开了嘴，小眼睛绽成了两朵花。老吉家来往的人特别多，经常是满满的一两桌人吃饭，尽管阿珊有一手好厨艺，但一个人搞吃的，还是忙得发晕，有时候就忘了叫来叔公吃饭。来叔公从不责怪，总是笑嘻嘻地打了饭，找个凳子坐下，吃点剩菜了事。

来叔公的菜园子，在他的辛勤打理下，很快就有了雏形。那个本来是种水稻的山垄，被他用竹片扎成的篱笆围得结结实实，篱笆两边各开了一扇腰门，既能防鸡鸭侵犯，又便于人进出。几块弯弯的梯田，被他整成了几畦菜地，一块块整齐划一，有条不紊，黑色的肥土像被筛了似的，细如面粉。我点了一下数，估摸着有亩把地。我说你们家都是老吉到山下拖菜，不需要种菜呗，你干吗驮这个哟？他停下活，双手盖住锄头把，下巴撑在上面，笑着说，一来闲着没事，找点事做，二来以后要是游客多起来了，菜的需求量就大了，我这个就种在屋边上，看得到的，人家吃起来心里踏实，比买来的好多了。说完张开手，朝掌心里吐了一口唾沫，又挥起了铁锄。

我万万没有想到，这来叔公还有如此宏伟的想法。想这山坡上山沟里，到处都是这样的抛荒土地，一旦旅游业兴起来了，不都是宝地吗？原来他是未雨绸缪，早做准备，为未来打基础啊，何止是松松筋骨消磨时间那么简单！

四

　　搞民宿，按理说阿珊是一把好手，她过去在墩里开过酒店，待人接物是没的说，见人开口笑，走路一阵风，颇有阿庆嫂的味道。可盛夏一到，客人便多了起来，多的倒不是来避暑的游客，而是亲戚朋友们。他们听说老吉在山上盖了新房，要办民宿，纷纷想来住住，享受一下避暑的滋味，老吉夫妇自然是盛情款待，作为内当家，阿珊更得要热情大方，眼疾手快，丝毫不能马虎。几天下来，她就忙得脚抽筋，感到力不从心了。她的妹妹阿兰知道了，就赶忙放下家务事，从岭背（湖北通城县境内）过来帮忙。

　　我第一次见到阿兰，心里就吃了一惊，心想名山就是名山，风水就是养人。这阿兰也四十好几了，可看上去也就三十出头，与她姐姐一样，也是高挑的身材，端庄的五官，不同的是她的皮肤特别白净细腻，就像崖壁上挂着的山泉。或许是因为长期爬山越岭肩挑手提，练就了一副劳动者的健美身板，她那约有一米七的个子，尤其显得挺拔健硕，连衣裙下，凸起的部分坚挺滚圆，毫不松弛，凹陷的地方如柳枝柔韧，随身摆动，活脱出一种恰到好处的丰满健康美。她的眼睛特大，有着自然生长的长睫毛，非常灵动，不像那些化妆搞出来的假东西，看着别扭。最能触动人心的是她的神态，不说话时颔首浅笑，一开口貌若桃花，不管是什么话，从她嘴里出来都像唱歌，配以略带娇羞的表情，颇具磁性。阿兰还有一个特点：酒量了得。山里人喝酒动辄用碗，那种兰花瓷碗我顶多能喝半碗，她不动声色，只在被动陪喝，转眼间三大碗就见底了，她还若无其事，喝完酒还和阿珊一起收拾厨房，忙到深夜。

也许是凑巧，也许是我的错觉，我总感到自从阿兰来了后，老吉家里热闹了许多，上山来玩的多了起来，打牌搓麻的、来与老脚哩叨码经的，老少皆有，晚上一坐就是十几点，有时还坐到转钟。阿珊阿兰轮番泡茶，一夜要泡上十多盘，开水都要烧掉几大壶。有一天老吉的儿子回来了，夜里忽发奇想，在地场上搞起了烧烤，引来一群孩童，围着烤炉欢呼雀跃。有时下屋"大秧田民宿"住进了一伙客人，他们也支起音响，搞起了卡拉OK，搞得声震山野，气冲云天。我就想，要是真正把民宿弄起来了，这种气氛就会成为常态，老百姓就真的得实惠了。

一星期后，阿兰说要回去了，她是担心她的丈夫，一个人在家无人照顾，孩子们都出远门打工去了，她不能离家太久。我真的舍不得她走，吃她做的菜就是香，还是个标致的小酒友。她做的一手菜很特别，既有江西这边的风味，又有湖北那边的特色。虽然只是一山之隔，可赣鄂两边的区别还是蛮大的，比如说话口音就不同，外人听起来都差不多，都是幕阜山方言，可当地人一开口就分得清。做菜也是，比如江西这边有大燥子、芋头粉皮包馅，鲜香味诱人；湖北那边则有油煎糯米果，软硬适当，焦黄喷香，加红糖芝麻过锅，咬一口，又香又甜。赣鄂两种风味交叉在一起，吃起来就格外带劲。酒呢？虽然她一般不喝，要喝也不会像刚来时的那顿那样放开喝。只是她那喝酒的娇羞神态，总是令人陡增兴味。

阿兰见我真心挽留，就说要留几天也行，但要我们和她一起回去，到她家做客。我顿时兴致大添，忙说没问题，一定去，叫她拿酒来，以酒为约，一言为定。

一星期后，我们和阿珊一家一起，陪着阿兰回去了。我这才知道，那天是阿兰的生日，我们夫妇俩是外客，她不好直说，好在互相都熟悉了，不见外。还有一层意思，我对阿兰在岭背的家有点好奇，很想翻过山去看看。

出了大秧田，沿山腰行走三公里，就是舍里。翻过山梁就到了湖北境内，也就是阿兰的家——野鸭塘。

传说古代通城县的陈家塅里有一个农人，一天清早出门做田，走在路上见一群野鸭子，头鸭带着鸭群直往山上跑，他想抓几只，便顺着追去，谁知那鸭群边跑边啄食，跑跑停停，就是追不上。傍晚时分，鸭群跑到一个水塘边上，一只接一只跳入了塘中，对着农人嘎嘎叫唤。农人一看，已经到了黄龙山腰，见那里虽然面积不大，但地势平坦，水源充足，很利于居住，于是就在那里盖屋造田，把家搬到了山上。那群野鸭子也就被他养成了家鸭，鸭生蛋蛋生鸭，成了他家的生活本钱。山下人问他住在哪里，他不知地名，其实也没有地名，他就说是赶鸭岭上的野鸭塘。

如今的野鸭塘，已是一个有十几户人家的小山村，村前一条小溪，从黄龙山的龙王峰上直泻下来，旋成一个深塘，又缓缓流出，七拐八弯地奔向山下。与山下的村庄一样，这个山村的房子基本上都是新建的，老房子还有少数几幢残存着，伴随着参天古木，露出即将消逝的山乡年轮。

快到村口的时候，我问阿兰："当年你怎么不往山外跑，反而嫁到这个山洞里来了？"

"我是被人骗来的！"阿兰笑着说。人说媒人两片嘴，都是他的理；媒人打烂哇，只把好事哇。那时阿兰年轻，经不住媒人的劝说，父母一点头，她就只好顺从了。山里女子总是那么温顺柔弱，"认命"的思想根深蒂固，还不是一切听从天意，安于本分？好在阿兰命好，"瞎眼鸡崽天照顾"，嫁了个好老公，他品性善良，为人忠厚，只管勤劳耕作，一切听从阿兰做主，刚好阿兰是个能干女人，把个家操持得井井有条，人见人夸。

　　阿兰老公在家门口接待我们，看到有"贵客"来了，还特意放了一挂鞭炮。吃了一碗茶后，他说还在做事，就不陪了。我看时间还早，也就一个人出了门，沿村边转悠起来。爬上一道坡，站在山口上，望见湖北境内的一个个风力发电站，就像一个个风筝，排列在蜿蜒的山脊上舞动，甚为壮观。远处天岳关景区历历在目，隐约可见来往车辆和宣传标牌。走到村后，见阿兰老公和十几个中老年人在一起，正在砌一座生茔。看到他们抬起大石头上岭下坎，很是吃力，我问干一天多少钱。阿兰老公说是帮村里人做后事，除两个石匠是请来的需要付钱外，其余都是自愿帮工，没有报酬的。在山村里，这种事是常态，已经形成了乡风民约，人与人之间非常讲究情义，不是"有钱才使鬼推磨的"。

　　那天中午，我们在阿兰家喝了一顿酒。那顿酒喝得别有风味：酒是山里米酒，又香又醇；菜是山里土菜，甘甜滋补。特别是与山里人在一起，他们的那种淳朴憨厚，那种至真至性，教人不能不敞开胸襟，率性而为。我们举起杯，斟满酒，向阿兰祝贺生日。阿兰款款站起，双手端酒，抿嘴而笑，那双美丽的大眼睛里，霎时盈满了泪水。

五

一天，老吉家来了一对小夫妻，阿珊说是他们的亲戚，叫上山来帮忙的。这对小夫妻前卫时尚，充满活力，二十几岁的后生家，做事非常利索。阿珊给他们的任务是收拾客房，他们先是把六个房间的被子枕头拆了，连同卫生间的大小毛巾一起，挑到门前山溪里清洗，就地铺在石皮上晒干，然后就是擦洗房间，摆设所需用品，前前后后忙活了大半天。下午收拾完后，两人便看起手机，戴起耳塞，摇头晃脑起来。阿珊说他们的工作是在县城快递公司跑货，有一台厢式货车，生意不错，间或也能抽出时间过来帮帮忙。我想这倒是个模式，山里民宿办起来后，肯定需要人手，季节不同，需求量也不同，用工上宜实行多样化模式，有专职的有灵活的，忙时来闲时去，亲戚朋友都能派上用场。

年轻人的性情就是特别，他们以他们自己的方式，充实着生活，做起事来风风火火，狂风扫落叶般地干完，总得要留出玩的时间。小夫妻把客房料理完毕，便坐到门前大樟树下的秋千上，一个劲地玩起了手机，女的斜歪着身子，把一只脚搁在老公大腿上，男的间或踮起一只脚尖，在地上蹭一下，让秋千保持摇摆，女的便一边受用，一边翻看着视频，脸上露出得意的微笑。到了晚上，他们那间房里就总是不得消停。我有个熬夜的习惯，晚上不是伏案写作，就是操练书画。每到夜深一点，小夫妻便要"闹事"，那女孩的娇喘声，总会叫人精神难以集中。

"要真搞民宿，你们这个房间隔音的问题得解决好。"有一次谈到民宿，我拐着弯跟老吉说。

老吉说当然要真搞。他确实很急，我看他把主要精力都放在旅游开发上，跑上跑下不得停息。他的想法是学凤阳小岗村，以下促上，他先在村里搞出个像模像样的项目来，以此打动上面，促使实现黄龙山大开发。毕竟开发旅游是眼下这里乡村振兴的唯一出路，其他还找不到"袜眼"。他把房子盖好后，村里其他人还在观望，想跟上的不多，他于是开始着手修路，他说只要路修起来了，游客就会多起来。大秧田原本就有一条土路，直通湖北的野鸭塘，路基还行，只是路面硬化，所需经费就不是很多。

修路的事办得比较顺利，老吉跑了几趟县城，带着县里和镇里的相关人员上山来察看了两次，不久就有了着落，县里同意与林场前面的那段路一起列入计划，年内修好。

这就是老吉的良苦用心——搞捆绑公关。

从大秧田往上走一百米，就是黄龙山林场。

黄龙山虽处内地，可却是个兵家必争之地。早在春秋时期，黄龙山就连同幕阜山脉一道，为吴楚分界线。三国时，孙权为防刘表南侵，专派大将太史慈率兵驻守此地，在黄龙山顶设立瞭望哨，至今哨卡遗址尚在，与龙王井、只角楼等众多遗迹一起，等待着游客们前来欣赏。抗日战争时期，日寇三次攻打长沙，调遣部队从武汉南下，黄龙山都是必经之路，结果在这里遭到中国军队的顽强抵抗，死伤无数，惨败北逃。解放后，败退台湾的蒋介石叫嚣要反攻大陆，经常投放特务过来进行骚扰，黄龙山又被选中为防止敌人空投的重要区域，我军守卫排不畏艰苦，严阵以待，牢牢守住了这个制高点，有力保卫了当地人民的生产生活，被当时的福州军区授予"高山红哨"光荣称号。

随着时代的发展变化，部队改为了民兵排，又改为了林场。

以前的所谓"反特""反空降"的任务自然不复存在了，靠林业根本不行，刚刚培育起来的树木，还不知道要多久才能产生经济效益，林场几十号人面临着生存发展的问题，有人开玩笑说他们是守着金饭碗没饭吃。若从旅游休闲的角度看，林场是整个黄龙山的最佳位置，海拔1000米，最适宜避暑；周边有大片缓坡地，还有水量可观的两条山溪，最方便进行旅游小镇的开发。离此仅两三公里的岭背湖北境内，早已开起了十多幢民宿，稍远一点的天岳关景区也逐步成型，可惜热不起来，原因就是黄龙山好看好玩的风景几乎全在江西境内。只要江西这边搞起来了，他们就可延伸旅游线，与湖南平江县一起，实行三省互通，开辟一个内涵丰富、形式多样、别具特色的特大旅游区域。

可是"理想很丰满，现实很骨感"。眼下林场通往湖北那边的还是一条土路，每年雨水的冲刷，把路面搞得坑坑洼洼，根本就走不了车辆，湖北那边的游客非步行过不来。林场的几幢宿舍也是破破烂烂的，而且都是军队营房结构，不经改造就不能做成民宿，所以即使游客来了也留不住。这个问题困扰了场长好多年，老吉就做通他的工作，两人一起捆绑上报，因为是打通省际的交通项目，确实不能再拖了，所以很快得到了批复。

这两段路的修复，确实为黄龙山的旅游开发奠定了基础。从江西的林场到湖北的林场、从大秧田过野鸭塘，都仅需几分钟的车程。山腰之上、省与省之间通了两条公路，游客明显多了起来。大秧田的老住户们很多都准备盖新民宿，有的还想出卖旧房，价格也在抬升。林场那边也在计划扩大规模，整修房屋，准备把旅游资源开发作为主业来抓。镇上领导从这里面看到了端倪，拿出了远见，赶忙下令：黄龙山沿途一线，一律不批地基盖房，留待整体规划，统一开发。

六

老吉要办养猪场。

我初听到这个消息时，确实有些惊讶。身为村支部书记，需要他操心的事情多得很，他怎么还有精力养猪呢？

老吉把我带到石嘴上，那里有几间棚房，还是20世纪70年代当时的生产队盖的，由于年久失修，已经东倒西歪破败不堪，老吉说他要把它买下来，整修一下，用来养香猪。

我问，你怎么养？是集资还是合股？他说单干。他要先养出点名堂来，再带动其他人。

我知道这就是村干部，老百姓不看你说得怎样，要看你干得怎样，你干得好他跟上，你干不好就闭嘴。我对此倒是非常赞赏，基层干部尤其需要想干事、能干事、能干成事的人，最怕搞"假大空"。当年我在省里工作的时候，我们提出要搞"三培两带"，即把能致富的农民培养成党员，把党员培养成致富带头人，把党员致富带头人培养成村干部；要求村干部带头致富，带领群众致富。农村工作说到底，不就是脱贫致富吗？农民富起来了，其他什么事都好办了。农民的特点是求稳怕亏，不见棺材不下拜，干啥事都要有人蹚出路子，否则你说的他绝不相信。

老吉很快就买来了小香猪。他说这种香猪好养，不怎么费力，只要有猪圈，有人按时清扫换稻草。猪是放养的，白天漫山遍野跑，饿了吃草吃虫子，渴了喝山泉水，晚上还会自动跑回猪圈睡觉。香猪长不了很大，一般百十斤重，但肉质细嫩，味道香甜，与一般猪肉不同。老吉的想法是将来开发了旅游项目，尽可能实现猪肉山上自给，既受游客欢迎，又能增加山民收入，一举两得的事，得先做打算。

他把自己的想法告诉了村民们，等到冬天他卖香猪赚了钱后，好几个村民就跟着养起来了。其实这不是一件独立的事情，而是一条思路，老话说"思路决定出路"，思路一开，眼前豁然。村里有个后生，在深圳打工闯荡了十几年，荷包鼓起来了，回家看到老吉养的香猪，便联想到了那些山垄田，一垄一垄的在那儿撂荒，他就搞起了土地流转，引进了一种水稻种子。这种稻子打出来的米叫香米，粒大色晶，煮出来的饭香味特浓，还有点糯，口感特好。最关键的是这种稻子适合在高山冷浆田种植，生长周期长，日照时间多，加上不施农药化肥，绝对生态环保，不用说，一定很受游客欢迎。另一个崽哩则承包了村里的十几口池塘，用来种莲藕，莲藕塘里养鲫鱼，莲花可以观赏，莲藕、莲子、鲫鱼都是上好的食材，旅游业一开发，就地销售，多好的产业。老吉又从中得到启发，他看上了那些漫山遍野的茶苑，那都是人民公社化运动时期种下的，已经荒废几十年了，在杂草丛里自然生长，茂盛得很，如果把它开发出来，制成高山野茶，不是金贵的好产品吗？他立马组织村民，以公司加农户的形式，建起山村茶场，经营生态绿茶。

现如今，在黄龙山上，在那些沟沟垄垄里，到处都是色彩斑斓，到处都充满了生机活力。春风里，茶山铺上了嫩绿；夏阳中，荷塘绽放着粉白；秋天到，梯田片片金黄；寒冬临，香猪腊肉喷香。一切的一切，都涌现着山里人勤劳智慧的结晶，都饱含着山里人对美好生活的期盼。真是万事俱备只欠东风，只待一声号角，将会万马奔腾不可遏止。

七

又一个夏天将临，老吉又打来电话，邀我今年又去黄龙山度夏，说他家的民宿房间又做了改造，更好住了。我问旅游开发搞起来没有。他说还没有大搞，只是镇里已经重视起来了，以大秧田为重点，搞几个餐饮休闲项目。我知道这是杯水车薪的事。不过搞总比不搞要好，能够走出一步，就会开出坦途。按照黄龙山的开发价值，光靠镇里支持是无济于事的。我想黄龙山开发起码要被列入县级以上层面，整体规划，分步实施，边开发边运营，稳步推进，需有十几年甚至几十年的时间，方能完善。一个超大型的景区建设，必然延展若干时期。这就应了那句常说的话："功成不必在我，功成必然有我。"没有这个襟怀，没有一代接着一代干的韧劲，是难以搞成的。

出于对这座神山的酷爱，我也曾不揣冒昧，设想了一个旅游开发的思路，叫"一二三四五"：一个龙头，以黄龙山为龙头；两山一体，把黄龙山与幕阜山结为一体，打通周边所有景点；三条线路，沿修河、汨罗江、隽水河三条河，开发旅游线路，所在各县分头实施，遥相呼应；四个结合，即旅游与休闲、养生、览胜、修文相结合；五大板块，即打造好修水县境内最具特色的儒学文化板块、宗教文化板块、温泉文化板块、戏剧文化板块和红色文化板块。这样就不仅把修水县的旅游搞活了，而且还带动了湘鄂赣边发展，打通了三省脉络，形成了华中地区一个独具特色的文化旅游区域，以此策呼应长三角和珠三角乃至粤港澳大湾区的开发建设，为之打造一个巨大的后花园，就会具有典型的不可替代的地位和作用。谁能提起这支大笔，谁就能绘出一幅绝世壮美画卷，谁就是名留青史的功臣。

大自然悬挂起这么好的一张榜，相信总会有高手来揭。

有一天我坐在大秧田的地场上，抬头远眺黄龙山主峰时，猛然发现了一个奇迹，只见在峰顶一块巨大的崖石上，那些纵横交错的石缝纹痕，隐约构成了一个篆书的"易"字形状，随着云雾的飘忽，像是一面旗帜在猎猎飘扬。我恍惚有了点领悟，这个"易"字，是不是大自然给人类的一个启示？

中华自始祖伏羲创先天八卦，到文王推演后天八卦，便有了《易经》，又称《周易》。后世上自周公旦、孔夫子，下至历代文人学士，反复演绎，不断充实，数千年来，经久不衰。大凡谈及"易"者，谁都会说难，可偏偏一件极难之事，却以"易"名之，不能不说奥妙无穷。其实易字释义，无非两种：一曰简单，容易；二曰变化，变通。世间万事，无有不难者，而要破除困难，扫清险阻，获得成功，首先就要从心理上变难为易，也就是说要有不怕困难、知难而进的思想，把困难的事情当作容易的事情去对待，有了平淡、乐观的心态，才能冷静、理智地处理问题，才会出智慧、出办法，最终克服困难，取得胜利。比如爬山，一次我和来叔公闲谈，谈及他住在黄龙山上，过去那里没有公路，山高万丈，壁立千仞，上下山太不容易了。他说也就那么回事，他爬上爬下，最多一天四趟。我听了大为惊奇，也颇为感慨，想到现在除了极少数健身者，恐怕没有人受得了那种累了。

再说，难与易也是互相变通的。"知变"是《易经》的要义之一，事物总是在变化中发展，在发展中变化，掌握了事物发展变化的规律，就能变难为易，变不行为可行。

那个"易"字，是天地造化而成，挂在黄龙山主峰之巅，历经千年万代，竟然不为人知晓，它会不会独自叹息？还有一说，就是千百年来，时机未到，它不会显现。如今时机到了，便自然彰显，昭示人间，提醒人们莫要违了天意，做好该做之事。只要顺应天时，抓住机遇，开拓进取，乘势而上，就能一鼓作气，化难为易，造福人民，大有作为。

而我则想到了那些山里人家，他们该是多么渴盼着那一天啊，他们早已张开双臂，袒露胸襟，以一颗颗赤诚纯洁的心，来拥抱新的生活，拥抱美好的未来。

相　看

众鸟高飞尽，孤云独去闲。

相看两不厌，只有敬亭山。

——（唐）李白

一

　　不知怎么搞的，坐在门前地场上，一看到黄龙山，就想起了李白的这首诗，心中总是泛起一股莫名其妙的感觉。许是我与黄龙山对看得太多？也是。只要回到太清，我几乎每天都要拎把椅子坐于门前，抬头便是看山。这山确乎是百看不厌，无论是山形的巍峨、山势的险峻，还是山石的奇特、山溪的娟秀，都令人赏心悦目、叹为观止。

　　我看黄龙山，还有两个最惬意的时候：一个是近看山花，一个是远看山云。黄龙山中花草树木瑰丽多姿，一年四季变化无穷。尤其是在春夏时节，漫山遍野的映山红，由下而上，依次开放。到了"五一"前后，山下花期已过，绿叶渐浓，此时登上山顶，举目望去，却是花开正盛。十里南坡，一片花海，艳若红霞，美不胜收。黄龙山的云，要数雨后最佳。驻足太清口上，远眺山麓，便有云卷云舒，变幻莫测，映入眼帘。先是一道白幔，把山头遮得严严实实；俄而，白幔缓缓卷起，露出山貌，但见碧绿如洗，青翠欲滴，时隐时现，目不暇接；未几，又见云层涌动，顺着山势，向空中腾起，条条山脊被白云缠绕，巍然屹立，更加刚劲孔武，雄伟壮观；一眨眼，白幔完全退去，只在山腰留下几块云团，形状各异，大小不同，又把山峦装扮成一幅天然油画。看得我目瞪口呆，荡气回肠。所以每当一场大雨过后，我便要坐于地场，目不转睛地看着黄龙山，生怕漏掉了一点精彩。这样的神山，叫我如何看得厌？

那么山看我也不厌吗？我不知道李白是怎么写出"相看两不厌"的，我只能以自己之心，度古人之腹，或是以人之心，度山之腹。反正我是真的喜欢黄龙山。何止是喜欢？简直是钦佩。何止是钦佩？简直是敬仰。我的心思山知道吗？一定是知道的，所以山看我也就不厌了。

二

我有时有一种婴儿躺在摇篮里的感觉。黄龙山就像一位慈祥的老人，端坐在云水间，两边延伸出去的山脉，就像是两只偌长的臂膀，把一个山坳围住，护佑得严严实实的。徜徉其间，便觉得十分温馨。

真正温馨的还是山里的风景。因为在那些山梁上或是山沟里，会突然出现一队女人。我以为有女人才会有风景，只有男人的地方那叫荒凉。正如一座山上，光秃秃的叫人生厌，长了花草树木才引人入胜。这些女人衣着朴素，举止大方，或肩扛锄头，或手提竹篮，或身背扁担，在葱茏山色的映衬下，显得多姿多彩，楚楚动人。

我必须纠正以前的一个看法。以前我总是以为山里人变懒了，年轻人都外出打工，年长者就守在家中带带孩子，打打麻将，啥事也不干，结果弄出了许多糖尿病心血管病。每次我回乡省亲看到的，也都是这种状况。其实不然，以前我回乡的时间都在春节或清明节期间，正是山乡最清闲的时候，草木尚未换新，农事尚未开始，加上现在不积肥，不搞农田水利基本建设，所以冬春赋闲的时间就多了。今年，我因疫情住在山里家中，一住就是数月，竟至芒种边了还不思挪动。这一住，便把我对山里人的印象给改变了。

最早令我刮目相看的是山里女人。

时令过了谷雨，黄龙山才从酣睡中慢慢醒来。随着子规一声"布谷"，便催开了满山的鸟语、遍野的禽言。斑鸠"咕咕"，麻雀"喳喳"，风雨鸟开始预报"滴水快"，耕田鸟催促"赶紧栽几块"，还有绿嘴鸟，总是远远地呼喊着"割麦插秧"，这家伙身子不大，嗓子却出奇地好，不管白天黑夜，都在不紧不慢地喊着，听来充满了善意，叫人心领神会，又忍俊不禁。雨水也善解人意，总是在夜里下一场透的，把山墩洗得干干净净。第二天清早，就见漫山滴翠，遍野挂珠，树上有嫩芽探出，枝头有花苞绽开，万绿丛里，有红、白、黄、紫点缀其间，使山野顿时生动起来。

这时候，山村的女人们出来了。她们三五成群，有老有少，她们的男人或已外出打工，或开着滚机下水做田，她们便顶了日头，挎了篮子，赶山去了。山上这时需要抢收的是茶叶和小竹笋。山上的茶菀从前是生产队栽的，现在地荒了，草长了，茶菀也成了野生的了，谁手快就是谁的。她们不会过早采摘，她们认为所谓的"明前茶"太嫩，味道也太淡，采摘下来太不划算，而谷雨前后的茶正好，又不老，茶味又够，产量又高。摘小竹笋也是正当时，山里人知道最好吃的不是大竹笋，而是只有手指头大小的小竹笋，那东西又脆又嫩，和腊肉酸菜一起炒了，加进葱姜蒜末，再来一点辣味，鲜美无比。况且"清明一尺谷雨一丈"，这时候大竹笋已长成了竹子。那些小竹笋，一场夜雨后，便能长出地面五六寸高，竹林中无处不有。摘小竹笋不用工具，用手一掰就断，她们进山一次，就能掰到四五十斤，拿到镇上去卖，相当抢手。

看到她们每次进山出山，都是披着汗水，扛着重负，却是那么轻松欢快，我竟也坐不住了，于是拣了个晴朗日子，也跟着去掰小竹笋。

三

于是我认识了葭。

我的所谓"认识"，当然不是指认识这个人，因为都是邻居，人自是早就认识了，而是知道了这个人身上特有的东西。

葭的特别，是她的美。她的美与别人不同，有一种不屈不挠的味道。十八岁嫁过来时，就已令村里的小伙子们惊羡不已。

她的老公是一个非常憨厚的汉子，人品相当好，做事下得身，就是长得有点"费劲"。那些羡慕妒忌恨的家伙，便说葭是"一朵鲜花插在牛粪上"，可人家夫妻关系好着呢，很快就有了一男一女两个小孩。为了持家，夫妻俩起早贪黑，手做脚爬，里外一起忙，葭从来没有休息打扮的时候。尽管如此，葭却越长越美，三十好几了，身材仍然是那么好，肯定是黄金分割的比例。脸上虽显黧黑，但大眼睛仍很水灵，高鼻梁尤显高贵，小嘴细牙，一笑摄魂。于是有人又发"宏论"，说鲜花就要插在牛粪上，因为有肥涵养，鲜花才开得灿烂啊！

葭比较内向，不善言辞，在我的印象里，她整天都在忙，很难听到她说话，哪怕别人与她拌嘴，她也是低头一笑，不予理会。

掰小竹笋原来远不是我想象的那么轻松。小竹林一般都生长在山溪水边，山溪水边一般都不平坦，许多地方还异常陡峭；小竹林的密度极高，又与其他灌木荆棘杂生在一起，要拨开竹丛钻进去，方能掰到竹笋。小竹林里有很多被人砍了竹子的竹茬，尖尖地立在地面，一不小心就会扎进脚板。春夏时节，正是蛇虫出没的时节，说不定就会被毒蛇光顾。真是樱桃好吃树难栽，竹笋好吃林难钻！

葭从小竹林中钻出来的时候，我正好从她面前经过。我一看，只见她头上身上落满了枯竹叶和枯草屑，头发已被汗水湿透，一绺绺地贴在脸颊上。她肩上挎着一个鼓囊囊的麻布包，里面装满了长长短短的小竹笋，鹅黄的笋尖争相露出，长一些的还刺到了她的腰间。她手脚并用，正在拼力往上攀爬。我连忙弯下腰，伸出手，想拉她一把，谁知她竟害羞起来，忙说不用，说时脸上飞起一片红晕，紧接着几步登上溪岸，朝她的竹篮边走去。那娇瘦匀称的身子随着步伐起伏，就像是微风中摆动的竹枝。

我霎时有一种冒犯感涌上心头，久违了的山里女子的纯真，令我顿时肃然起敬。

四

晚饭后，薇又领着她的两个小孩来到了健身场。

村里的健身场就在五哥家门前的地场边，装了一些健身器材，还有一个木质长亭，供人们休息。住在后村的人们去健身活动，有些就要从我们家经过。薇是来得勤的一个，她生性活泼，爱说爱笑，走起路来总是迈着碎步，像在跳舞似的，后面那一头披肩秀发，也应着腰肢的扭动，带起无限风光。她一手牵着一个小孩，就这样迎着落霞，把一阵欢乐带进小院。

薇的两个小孩很有意思，女大男小，都很机灵，见人微笑，口齿清亮。自从薇教育他们要喊我姑爷，每次遇见他们便都争先喊叫："姑爷！"叫得我心花怒放。

带小孩是薇的主要职责。以前两夫妻每年都在深圳打工，自从小男生下来后，夫妻俩就商议定了，男人外出打工，女人留在家里带小孩。自己生的，一定要自己带养。因为他们看到那些父母带养的，"隔代亲"结的苦果实在太可怕了。时间远些的，孩子长大后家不成业不就，甚至成了讨债鬼；时间近些的，孩子不读书不学好，不懂礼不讲理。人不带好，其他盖房买车都是白搭，辛苦打工赚的几个钱有什么用？

只是夫妻长期分居，可就苦了小两口了。

薇每天晚饭后都要带孩子来健身场玩，简直成了必修课。她戏称她这是在"放牛"，说时那白皙的脸上放着异彩，眸子里闪着晶莹。暮色中，她把两只"牛崽"圈在健身器材上，自己就立于长亭边，呆呆地眺望着远山近水，我想此时，她一定有无限孤寂袭上心头。

四十多年了，打工一族为了养家糊口，究竟忍受了多少辛酸苦辣？个中滋味只有他们自己知晓。

问题是，成千上万的打工族，至今还在心甘情愿地忍受，他们不怕苦不怕难，只要有工打。就怕有朝一日打不到工了，回到家中既无田可种又不会种田，西北风都没得喝，那就麻烦大了！

薇的公婆都是勤快人，尤其是她公公，除了种田，打些粮食贴补生活，还有一手钓甲鱼抓黄鳝的绝活。那些玩意白天弄不到，要在晚上抓，于是春天到，大地转暖，他白天干完农活，夜里就戴着矿工帽，拎起工具箱，跑到偏僻的深山丘田里、山溪石窟间，抓到一些野生甲鱼、野生黄鳝。那个活儿很不好干，不仅费精神，危险性还蛮大，常有野猪毒蛇骚扰，抓黄鳝有时还会抓出一条水蛇，弄不好反被蛇咬。当然野生甲鱼和黄鳝是金贵补品，拿到镇上去，往往能卖个好价钱。山里人，没有这些，光靠打工赚几个钱活命，太难了啊！

春夏夜总是这样，几个薇这样的女客，在地场边上，守着自己的"小牛崽"；还有几个做夜工的农人，往山里摸去。水田里蛙鸣阵阵，更显山中寂寥；苍穹星光闪闪，尤见尘世高远。山坳那边不时传来几句嘶哑的山歌，那是活得无聊的亮崽哩，在燃烧着多余的能量：

阿虎呃一死是笑哈哈，

找到是嫂子啊要呷茶。

好的自己呷啊，

差的待人客。

茶渣呃杆子哟撑得呀船，

两片呃茶叶是包得哟盐。

一粒呃麻子哟水上呀歪，

要想呃好戏是夜边哟来。

五

　　中午时分，本族的阿展叔找到五哥，说老荣家的儿媳妇开了个理发店，今天开张，我们恐怕要去打个爆竹。五哥说冇听到哇咯，也冇听到动静。说那是要去打咯，别人家有好歹事都去，独独他们家不去，那怎么行？

　　打爆竹其实是幕阜山区的一种习俗。村里人家有喜事了，都要去送恭贺，恭贺的形式就是打一挂鞭炮，主家会觉得是看得起他，十分高兴。谁家老人过世了，更要去送拜，也是打一挂鞭炮，拜上四拜。若是结婚、嫁女、生小孩等大喜事，抑或是为老人办丧事，那是主人要发请柬请客的，还有许多的仪式、排场，动静会闹得很大。若是一些小的喜事，例如过屋、开张、参军、孩子考上大学等，主人家会提前放出消息，邻居们便去送礼、打爆竹，主人便也摆上答谢酒宴，热闹一番。但也有特例，譬如开店，一些家境不宽裕的，开个小店只是为了糊口，至于开张大吉的热闹事，既无力也无心思操办，便不张扬，低调从事。越是这样，村里父老就越是看重。对于家境困难但有志气的人，邻居们都是愿意尽心尽力支持和帮助的，物质上也许帮不了多少，精神上也要给予鼓励，决不能低看人家一等。

果然，五哥他们的鞭炮一响，立刻得到了其他邻居的热烈响应，从中午起，老荣家整个半天都鞭炮声不断，五哥说比其他人家还要打得久一些。

邻居们的热情有着不寻常的含义。

老荣家的儿媳妇睢，是一个孱弱女子。

她不是一般的孱弱，是真正的骨瘦如柴。她奇瘦却又并无大病，只是吃饭没胃口，整天打不起精神。久而久之，便变成林黛玉似的，多愁善感，弱不禁风。

她的孱弱并非因病，而是忧愁。

她的丈夫早年在深圳打工时做了坏事，受了十几年牢狱之灾。这一沉重打击，把这个家庭搞得风雨飘摇，晕头转向。睢的公公气出沉疴，一病不起，撒手人寰；婆婆也疾病缠身，有气无力。她自己本就手无缚鸡之力，一下子要撑起这个家的一片天，谈何容易？很多人劝她离婚，趁自己年轻，另寻他途。老公在里面也叫她不要被他拖累，十几年日子不好过，坏名声不能要她顶。她那时哭得泪人似的，对丈夫说一定等他，绝不会丢下他和家中婆婆不管，要他好好改造，出来后从头做起，她就不相信没有出头之日。她安置好婆婆，把孩子送到娘家抚养，自己挑着两个蛇皮袋的行李，外出谋生。在九江，她被一个理发师傅接纳当学徒，于是学会了"毫发手艺，顶上功夫"，以此赚点微薄的薪资养家糊口。

这样勉强维持了几年，不料自己的身体又不争气，日渐孱弱，每况愈下，最后连打工也支持不下去了，只得又回到娘家疗养，等候丈夫刑满归来。

去年丈夫终于回来了，沉闷沉重、抬不起头的日子终于熬到了头，一家人又翻开了新的篇章。睢的心情顿时开朗起来，脸上也露出了久违的笑容，身子骨随之硬朗了不少，真是"人逢喜事精神爽"。虽然疫情还没有过去，外出打工的风险还很大，可她丈夫顾不了那么多，家中四五张口，要吃东西啊。国家刚明确复工复产，他就背起行囊，登上了南下的车。睢自己则也操起了旧业，尽管身体还不是很好，而且在这个常住居民不多又没有流动人口的村子里，注定不会有兴旺的生意。但为了活命，她只得硬撑着，能赚一点是一点。她利用家门紧靠马路的优势，把自家厅堂改成了一间理发店，做起了美发的营生。

闻知睢的故事，我首先想到的是要到她的店里去理一次发，虽然我在城里刚理过发回来，头发还没有长多少。

六

窗外又有一辆货郎车驶过。

这些天好像货郎车越来越多，过往的频率明显高了起来。我以前听到那些喇叭里的叫卖声，尤其是那些地道的乡音，总感到特别亲切、温馨，把它看作故乡新时代的一道风景。可现在听来却有点忧心忡忡，因为在数以亿计人打工谋生的南方沿海地区，今年不断有工厂订单减少，可能要裁员的消息传来，一些没有进厂的感到工作越来越难找。山里那些做小本生意的人们，境况也明显不如往年，时常窝在家中没有事做。本来赚钱就不容易的货郎车，是不是又加入了竞争对手呢？一方面是农村购买力本就不高，眼看还会下降；另一方面是不断增多的村镇超市、商店，加上走村串户的货郎车，这买卖怎么维持下去呢？我一时难以理出头绪。

晚饭后，我照例拎了把椅子，坐于门前。黄龙山仍在以她巨大的身姿守护着这块山墺，夕阳已然落到了她的背后，在晚霞的衬托下，山显得更加敦厚、慈祥。宽阔的地场上，陆续有小孩跑来玩耍，也有端了茶碗的大人踱到场边凉亭歇息，与往日一样，开始了一天中最闲适的时光。可我总感到缺少了点什么，是缺少了一个身影。每天傍晚，那个永不知疲倦的身影总会出现，匆匆打扫着地场，把大人丢下的烟头、小孩扔下的果皮纸屑清理干净，给人们一块纳凉叨天的净土。可今晚这个身影不见了，我问五嫂，葭到哪里去了？五嫂说走了，出远门打工去了。往年早就走了，今年是因为新冠疫情，才拖到了现在，再不走今年就赚不到几个钱了。

五嫂说得异常平淡，拉家常似的。她说葭和几个女客相约同行，好像要到苏州、无锡、常州一带去找活干，那里地方大，热闹繁华，比较方便找到事做。果然后来几天，我发现村里减少的女客确实有好几个，她们把男人留在家里，自己只身远行，只为养家活命。

我的脑海里立刻闪现出不久前的山乡情景：有点缀茶山的花衣裳，有菜地里扶着锄把的小手，还有小竹林边出没的身影。不承想这些却像昙花一现，即刻就不见了，竟成了一幅幅美丽的图画，无比珍贵地存入我的记忆。此后漫长的岁月里，就剩下男客们孤独地种庄稼、做零工、带孩子、养父母，渴盼着年底妻子的归来。

而薇和睢，则是角色的转换，变成了守家的孤女，日日尽妇道，夜夜盼郎归。

山坳里又传来亮崇哩嘶哑的山歌声：

日头出山一点黄，

姣姐出门洗衣裳；

手拿棒槌轻轻打，

下下打在麻石上；

一心想着我情郎。

七

日子还在一天天过着。

山墩的田野里，由春季的一丘丘野生杂草，逐渐变成了一块块镜子般的水面，又很快被一片片淡绿色禾苗取代。禾苗在日渐暖和的泥水里，拔着节地往上蹿，那绿色不断变浓变深，羞了青山，喜了蓝天，乐了河流。房前屋后的菜园里，眼看着之前还是一棵棵幼苗，一眨眼就藤蔓攀爬，绿叶盖地，好像是一夜间，辣椒、茄子、黄瓜、豆角就都挂上了枝头。屋檐下，小燕子完成了衔泥做窝的伟大工程，双双对对进入爱巢，享受着用劳动换来的亲昵愉悦，开始奉献着孕育后代的温暖。远处，"滴水快"的警告还在雨前适时发出，不时还能听到几句"割麦插秧"的劝农鸟语，但其频率明显降低，几近尾声。只是山窝里，又多了"咕咕咕"的斑鸠叫唤，预示着夏天的步伐正在加快行进。

我还是经常抬头看山。

黄龙山像一个老人，脱去了臃肿的棉袄，换上了轻便的衣裳。在燃烧似的开过大片杜鹃花之后，山已然归于沉寂，却又有翠绿色的嫩叶爬上山头，使山变得年轻起来。山此时似乎也在看我，确切地说是在看着山下田野乡村的变化，不知是欣然于庄稼草木的勃勃生机，还是享受着清脆悦耳的禽言鸟语？我想肯定都是，也许还有很多很多，我甚至还感悟出了大山眼里饱含着的一丝忧伤……

戏　韵

　　锣鼓声在热闹地响着，时而不急不慢，有板有眼；时而疾如风雨，倾盆而下。看戏的大都知道，这是戏班子在招揽观众，属于开台锣鼓。我时不时地回头扫视一遍，见人群逐渐汇聚，陆续进来的人中，有提着小木椅子的，有牵着娃儿的，也有成双成对像小情人的，不久，祠堂里就快坐满了。场上一片嘈杂，有的高声喊叫，呼朋唤友；有的窃窃私语，弯着手掌当扩音器，贴近对方耳边说着什么，其实也是在大声呼叫，听者则梗着脖子，最大限度地扩张着听力，不时点点头，脸上变化着各种表情。我沉浸在这热闹异常的氛围里，感到既熟悉又陌生。数十年前的孩童时期，每年总会有一两次这样的场面，令我陶醉其中。"拉大锯，扯大锯，姥姥门前唱大戏"，可见看大戏是孩童生涯中一件多么快乐多么幸福的事呢！阔别多年，进入暮年后，又一次感受到这个氛围，怎不叫人乐乎快哉！

　　锣鼓声还在震响，以超强的分贝直冲屋顶。我一点也不觉得吵闹，由于不便与友人交谈，我便抬头四顾，饶有兴味地打量起这间祠堂来。

　　这是一间古老的祠堂，在进来的时候我就注意到了，翘檐耸角之间，八字大门上方，青石板上刻有"余氏宗祠"四字，乃是当地余姓祖堂。里面的格局，与中国绝大多数祠堂相似，分为上下两层。上层为祖堂，正面北墙下，是一张砖砌的长案，案上摆放着宗族祖牌及香炉等祭拜之物，案下有一方形开口，里面供奉着社灵菩萨和土地公公。人们祭祖时，要同时给这两个神位烧纸上香。祖堂的右边，还有一副神轿，里面端坐着一尊木雕神像，慈眉善目，神态安详，乃余家至尊祖上，号称"余太公"。据说余家戏班子外出演出，都是抬着这副轿子前往的，接戏的人家也是以接奉余太公之名义，属于接香火之列。下前方，是一个戏台，正对着上堂的列祖列宗，说明在这里演戏，不仅是演给观众看的，也是演给祖宗看的。整个祠堂雕梁画栋，精致典雅，尤以木雕画见长。由于年代久远，那些彩色的雕刻都已暗淡，整个显得有些灰黑，唯有两块刻着"天马背印""麒麟吐书"的大匾，却是白底黑字，刚劲挺拔，高悬在上堂大梁两边，分外醒目。我不明其意，友人解释，说"天马背印"为此地风水地名，"麒麟吐书"则是其宗族的荣耀。据说这余氏一族，史上曾出过三个太师和五个尚书，确实是个了不起的大家族。

锣鼓声在一阵"急急风"之后戛然而止，观众席中的嘈杂声也跟着由大到小、由小到无，霎时归于安静。主持人宣布演出开始，演出剧目是传统宁河戏《大登殿》。剧情在旧时流传甚广，几乎家喻户晓，妇孺皆知。唐太师千金三小姐王宝钏绣楼招亲，绣球打中了卖花郎薛平贵。三小姐看中了卖花郎，不顾全家人的反对，与父亲三击掌，毅然断绝父女关系，委身穷汉子，离开富得流油的太师府，住进了一座破窑，艰难度日。后来薛平贵时来运转，投军征战，被西凉国公主代战招为驸马。国王驾崩之后，他接班掌权，反破唐朝，登基为君，坐了天下。据说该剧初创为秦腔，后以京剧闻名，并为很多地方剧种移植。全本名为《红鬃烈马》，分《彩楼配》《三击掌》《平贵别窑》《探寒窑》《赶三关》《武家坡》《算军粮》《银空山》《大登殿》等部分组成。此次的《大登殿》属宁河戏移植剧目，由宁河戏嫡传戏班余氏春林班出演。

这场戏其实是我特意点的。

时值清明佳节，游子返乡扫墓。我跟友人说，我有一个心愿，想专门到全丰镇看一场宁河戏。友人齐声响应，约好4月6日清明翌日下午前往，点戏的钱由我出，家住全丰的水明先生管饭。

我的宁河戏情结由来已久，真正引我动心的，还是一年前的一次心灵穿越。

也是清明时节，我和修水文化名人戴逢红下乡采风。到全丰，便谈起了宁河戏。因为宁河戏相传几百年，至今已是风雨飘摇，苟延残喘，20世纪60年代初创办的县宁河剧团早已解散，仅剩五个民间案堂班，还在苦撑着坚守阵地。而这五个班中，全丰镇就占了两个，一个为余姓的"春林班"，一个是戴姓的"凤舞班"，且都很活跃，终年在外巡演不停。我于是提出要去探访一番，逢红便带我来到了余家祠堂。

其时余家班已外出，且在几百里外的湖北崇阳演出，没有预约，一时自然难以回来，观看节目的愿望是泡汤了。接待我们的是老班主余黄轩，老先生年逾古稀，身板仍很健朗，步履稳实，精神矍铄，谈说间眉飞色舞，挑起一脸皱纹。他是宁河戏的"戏骨"，"文革"后1980年恢复春林班，他就是班主，直到老迈年高干不动了，还在班里做些后勤工作，真叫生命不息勤奋不止。

菊花茶飘出的香味是那么熟悉，那么好闻。透过木窗棂，我看到地场上的小鸡们，正在低头觅食，池塘里有鸭子嬉戏，田野里红花草低调地开着紫色的小花，远处的大湖山郁郁葱葱，巍然挺立。余老用他亲切的乡音，娓娓道着宁河戏的前世今生。六百年前，宁河戏进入了成熟期，基本形成了自己独特的风格，在社会上拥有了自己的受众群体，奠定了自己的稳固地位。余老从里屋搬出来一个大本子，本子的纸张已经发黄，指头拨动稍微用劲，就会出现破痕。本子上有笔迹不同的文字，一段紧接一段，都是写的接戏契约：

> 信人某某，立许余公法显、法广二大真人合案，永年香火一晚。

落款某地某族，有的还添上一句"永保合家清吉平安事"。立约年代多是道光、同治、光绪年间，最早的距今两百余年；地址近的遍及修水县高、崇、奉、武、仁、西、安、泰八乡，远至湖北崇阳、湖南平江、江西武宁等地。这样的"合同"共计三百多个，至今个个有效，代代忠实履行。除非立信人已绝，凡有后代的，几乎家家热忱接戏。演出之前，都要虔诚拜谒余太公，香火燃烧，鞭炮齐鸣。因为分布太散，距离遥远，余家一个班子不可能在一年内家家演完，只得与各位立信人约定，"每年"改为"每两年"，就这样，他们从1981年起，每年演出都在两百场以上，至今不衰。

我翻阅着这些古代的"合同"，心中满是感慨。一直以来，好像很多人对西方的"契约制"推崇备至，似乎中国是个不懂契约的国家。其实在中华传统文化里，契约就是一个"信"字。信守约定，诚信待人，既是儒家的一贯训导，也是儒释道"三教合一"之后形成的传统文化核心内容之一，并且早已成为民族的道德规范。如果说"季札挂剑"只因自己的心中许诺便执着践约，显得有些难以理喻的感动的话，那么"尾生抱柱"的信守爱情约定，就坚定得有些叫人瞠目结舌了。历史上诸如此类的故事是否属实姑且不必计较，起码说明我们祖先对"诚信"二字是看得无比重要的。民间的"一诺千金""许神成愿，许钱成债，许人一物，千金不移"等俚语俗话，几千年都在训教传承。眼下这些民间的立约，我粗算了一下，都已过了十五六代了。这么多代的后人，仍是这样忠诚地履行着祖上的约定，而且还在生生不息，代代传承，他们究竟为的是什么？毋庸讳言，古老的宁河戏，对于现在的年轻人来说，已经没有多少吸引力了，以至于春林班、凤舞班在演出中，不得不在正戏的前后，加进一些现代歌舞，以吸引观众。但立信人的后代还是毫无怨倦之意，还在虔诚地接戏看戏，为的不就是那一纸"永年"合同，那一份祖上留下的忠实信守吗？

只是近几十年来，"一切向钱看"的拜金主义的盛行，才使得构筑了几千年的诚信"长城"轰然倒塌，中华传统美德被破坏得惨不忍睹。

诚信至上，正是家里的瑰宝；金钱至上，才是外来的糟粕。这一黑白分明的道理，是到了国人应该明白的时候了！

宁河戏从魏晋时的傩舞发端，到清初从徽班中吸收吹腔、昆腔，从汉剧中吸收西皮，从宜黄戏中吸收二犯，兼收民间小调，遂以汉剧皮黄为基础，结合高腔、二犯等，设计出悠扬高亢、低回婉转的唱腔，形成独具特色的地方戏剧。同时在以北方方言为主的基础上，糅合进幕阜山当地方言，使念白富有美感。伴随唱念做打，还有许多表现技巧令人惊叹。比如表演骑马，演员有时不用马鞭，仅以蟒袍前摆作马头，后摆作马尾，生动地表演骑马上岭下坡及行走奔跑之状。宁河戏亦有"变脸"，但与川剧变脸不同，川剧是要戴上面具的，而宁河戏则不需面具，别有高超技能。在《劈山救母》一剧中，杨戬从人到神的转变，就采用了高难度的变脸技巧：预先在鞋尖上用油彩画上一只眼睛，在手中的碗里撒上粉末，表演时一个正面踢腿，就把眼睛印上了额头；对着碗里一吹气，粉末便粘在了脸上，于是一个眉清目秀的白脸少年，顷刻间变成了三只眼的红脸二郎神。这一切均在一场戏中完成，这在其他剧种中甚为鲜见，没有过硬的功夫也是难以办到的。宁河戏生、旦、净、丑文武兼具，唱念做打完整成套，剧目多达四千余种，可见其兼收并蓄、包容大度的气概何等非凡。这一处于山区的僻壤之县，能开创出流传千载、经久不息的剧种，居于江西七大剧种之列，不能不令我等山人为之骄傲和自豪！

《大登殿》是一出热闹戏，人物多，角色全，舞台上走马灯似的，"你方唱罢我登场"。青衣的婉转，老旦的铿锵，小生的激越，老生的悠扬，都是那么声情并茂，酣畅淋漓。尤其是花脸出场，响板骤起，胡琴紧拉，一声高腔，震惊四座，赢得满堂喝彩。我忽然感到，此时此刻，我已进入历史隧道，置身于千百年前。这古老的祠堂，这满堂的雕刻，都慨然复活了，那些栩栩如生的人物，竟都幻化成一个个观众，坐在祠堂里，坐在我的身边。我也一样，头戴瓜皮帽，身穿长袍马褂，抑或头戴紫金冠，身穿大襟袍，袖子里掏出一把折扇，扇子上是唐伯虎的山水，抑或郑板桥的花草，还有那超然世外的"难得糊涂"字样。我和着胡琴响板的节奏，沉浸在抑扬顿挫的咏叹中，手敲桌面，摇头晃脑，一时间物我俱无了。

面　子

酒杯里正在斟酒。酒是白酒，高度的，当地的品牌"山谷泉"，很清澈，很香。斟酒的技术也很高，青花瓷的酒壶，长长的流线型的壶嘴，在斟酒者的手上上下飞舞着，颇有点"凤凰三点头"的味道，斟到杯口处，我分明看到那酒在一滴一滴地滴入酒杯，装满酒杯又不溢出，真真叫人叹为观止。

斟酒者一杯接一杯地斟着，我的眼睛便也一杯接一杯地看着，竟然看得出神。那些酒滴在光的映照下，像极了一颗颗珍珠，一个一个地往酒杯里掉落。我也不知道为什么会产生这么个幻觉，而且那酒滴入杯时清脆细微的声音，进入我的耳朵里时，还时不时地变成了"咣"的一声，有点震得人发蒙。这声音愈发加深了"珍珠酒滴"的印象，愈发教我确认，这酒是有多么贵重。

刚才，就是刚才，我们这些来自男方的"上客"们，被女方亲属迎进客厅，落座之后，准新娘就端来了一盘热气腾腾的修水茶，一人一碗。接到手上，屋子里便响起一片吹汤嗦水的声音。最后一碗端到准新郎——我表侄面前时，表侄一手接茶，一手把一捆钞票放到茶盘里，不料那捆钞票太重，准新娘猝不及防，没有端住，茶盘"咣"的一声掉落地上，众人发出一片笑声。

我闻声一看，却笑不出来，因为我看到那捆钞票大得惊人，难怪准新娘会失手掉落。我知道那是压茶盘的礼金，便悄悄问表弟数额多少，表弟伸出两个手指头。"二十万？"我使劲用牙齿咬住拼命往外伸的舌头，瞪大了惊恐的眼睛。

　　于是那"哐"的一声，便深深地烙在了我的心上。于是酒桌上新亲家招待我们的每一滴酒，也就变成了贵重的珍珠。可那些"珍珠"喝进嘴里，我总感到已经变味，究竟变成了什么味道，我还一时难以品出，好像五味杂陈，好像苦多于甘。

　　"压茶盘"本是幕阜山区的一个风俗，是从前男女相亲的一个最重要的环节。在幕阜山区，称呼青少年男女，也和称呼小孩一样，男的称"崽哩"，女的称"姑哩"。当媒人提亲之后，男方崽哩就要在约定的时间，在父亲和媒人的陪同下，到女方家里相亲。因为在此之前，男女双方一般都是素不相识的，整个相亲的成败便全在三杯茶中。第一杯是待客茶，由姑哩端出。实际上这是考验双方眼力和思辨力的关键一刻，就在这递茶接茶的一瞬间，男女双方便要判断是否中意。如姑哩不喜欢崽哩，下一杯茶便由女方的一个女眷端出，男方喝完走路。如姑哩将第二杯茶端了出来，则表明她已相中，就看崽哩了。如崽哩不接茶，说明他不喜欢姑哩，男方的人也是喝完走路。如崽哩接过了茶，则表明他已相中，于是姑哩再端出第三杯茶。男方父亲在接过第三杯茶时，会把一个红包放在茶盘里，作为相亲成功的一个喜庆标志。双方家人和媒人皆大欢喜，开始商谈到男方看门房、吃定庚饭以及婚礼喜酒等诸多事宜。这便是"压茶盘"的本意。那个红包里的钱是不多的，在二十世纪六七十年代，一般在五至十元。就是结婚的彩礼也并不太重，一般以实物为主，如男方要给女方做多少件首饰、打多少箱柜家什等，女方也要做多少衣被陪嫁。那时流行的说法是："上等之人赔钱嫁女，中等之人以毛缚毛，下等之人赚钱嫁女。"女方家庭不是十分困难，是不会收太重的礼金的。

我一杯接一杯地喝着这压茶盘的酒，脑子里总是浮现出以前婚礼的情景，品味那时候的古老和纯真。

时过境迁，"压茶盘"早已经有了新的含义。当然相亲也不是原来意义上的事儿，几乎每对男女都是谈恋爱谈到了瓜熟蒂落的时候，不少还是姑哩挺着大肚子的时候，再来走这么一个程序的。走程序的目的，也成了收付压茶盘的礼金，与"相亲"的本义相去甚远了。那礼金的数额，可说是一路飙升，普遍已高达十万至二十万元，甚至更多。这叫一个穷乡僻壤的农民家庭如何承受得起？然而此风一刮，谁也挡不住，谁也输不起这个面子。手头宽裕些的，还想摆摆脸，便往上加码，把茶盘越压越沉。

酒刚斟满，第一个炒菜便端了上来，酒宴宣告开台。

社会的发展真有意思，对于某件事物，有时几百年上千年都一成不变，有时才几十年甚至十几年，就变了个天翻地覆。比如这幕阜山区的酒席，原来一直沿用着在家里办的惯例，当然一切都是主人自己操作，然后请来亲戚邻居们帮忙，反正都是族群一大家，都是你帮我我帮你，谁家的红白喜事都是热情似火地主动参与，不请也会自来。酒席摆在大屋堂上，从祖宗牌位前开始，一次十几桌，直摆到耳巷边上，满是家族和睦的氛围。可到了21世纪初，却出现了一种办酒席的专业团队，上门提供服务，你只要准备好食材，然后一切都由他们操办，就连饭桌凳子、瓢盆碗筷等吃喝工具，全由他们提供，主人只需付费即可。我有时回乡碰到了，禁不住为市场经济的无孔不入所折服，却也不得不点头称赞，因为这样既保持了传统的摆酒风味，又节省了自家人手，毕竟许多村庄的崽姑哩都已外出打工，平时找不到帮手，即便是年节他们回乡，也是做客似的，待不了几天就走，也做不了什么事。这样请一个团队进来，事情就简单多了，无非付钱了事！不想才过了十来年时间，现在的情况又有了变化。山乡的小镇上陡然出现了好几家酒店，牌子叫得响当当，什么"黄龙山迎宾馆""汨罗江大酒店"等等。山里人学着城里的样，办喜事都到镇上预订酒席，若是婚宴，还要请来婚庆公司举办婚礼。主人家是省事了，可那气氛也就变味了，没有了祖传屋宇，见不到神台牌位，就连古色古香的八仙桌，也被转盘圆桌取代，当然更看不到亲戚排行打躬作揖的场景，听不见"东手一席：尊姻翁某某大人……"之类的牵席唱词声，总觉得有种失落感，场面令人陌生。

不过我表侄的这次压茶盘，对方还是把酒席摆在自家屋里，因为客人不多，仅摆了六桌。酒席的吃法也还是沿用了老习惯：斟酒之后上菜，菜是一碗接一碗上的（不能用盘子，古训有云，用盘子是给叫花子吃的）。第一碗是海带，意为结亲牵手，欢乐和谐。然后有十五六碗荤素轮番端上，都是富有地方特色的风味菜：荤的有炖土鸡、红烧肉、炒肝片、炒腰花、烧肥肠、炖猪肚等；素的有鲜时蔬、干竹笋、干豆角、薯粉皮等；还有荤素相间、独具特色的大哨子；最后一碗是鱼，说明有吃有余，或叫年年有余。客人吃到此时已经酒足饭饱了，鱼上来后一般不动筷子，只在主人一声"来来来，请用请用"的客气招呼下，他们才扶起筷子示意一下，点到为止。

不知怎的，我喝着那酒总不是滋味，脑子里总是浮现出那捆沉重的钞票，那压得茶盘"哐"一声的响声，不时在敲击我的心房。我抬眼看看下手桌上的表侄，他倒无忧无虑得很，边吃着菜边与身旁的准老婆调情，真是刚碰着火花的一堆干柴，无时无刻不在旺盛地燃烧。他们似乎还沉浸在昨晚的翻云覆雨之中，黏糊得不像样，两人右手握筷，左手还在桌沿下面抓着戏耍，眼里流溢着满满的暧昧。不过那姑哩长得还真不赖，瓜子脸形，双眼皮大眼，高鼻梁，翘嘴角，一笑俩酒窝，人见人爱，难怪会把我表侄迷倒。我再瞧一眼身边的表弟，发现他此时倒有一股子骄傲劲儿，身板笔正，昂首挺胸，眯眼微笑，满脸红光。他不时举起酒杯，应和着新老亲戚的敬意，谦恭地表达着自己的分量。我忽然对他怜悯起来，要知道一个靠打工赚点血汗钱的农民，那捆压茶盘的几十万礼金，早已把他的腰压弯了，他的骄傲、自豪，都不过是自以为不比别人少，争了口气、挣到了面子而已！

我真的很无奈。面子，这一民族文化的传统观念，几千年了，至今还压得多少人喘不过气来！

酒席仍在进行，酒桌上气氛正浓，人们的情绪被酒一点燃，话便也多了起来，声音也一个比一个高。我发现往往这种时候，话题总是缠绕在"面子"二字上，从互问情况到互相感叹，再到互相吹捧，看似谦虚礼让，实则暗中较劲，并且说着说着就进入了喝酒的状态，一些要面子的男人来回敬酒，争比酒量，祖堂上开始闹哄哄起来。

现如今，山乡里喝酒的机会还真不少，我每次回乡省亲，总会遇到有亲邻们操办请客摆酒。盖了新房的，要请"过屋酒"；子女结婚的，除去压茶盘酒，男方要请"定庚酒""婚庆酒"，女方要请"起嫁圆"；孩子考上了大学的，即便是个大专中专，也要请"升学酒"；生了小孩的，要请"三朝酒""弥月酒""周岁酒"；老人过整岁的，从五十开始，就要每十年请一回"长寿酒"……当然，凡受请者必要随礼，请酒的总要先下请柬，到了吃酒之时，就会专设一间"礼房"，安排专人收礼，还要登记造册，以备还礼之需。

面对"面子"万象，人们众说纷纭，莫衷一是，有学者把这归纳为面子文化，当然有其道理。因为面子问题确属中国特色，古往今来，虽说有些面子是要的，是非讲不可的，但多数都是虚荣心作怪，得不偿失，为了面子而自讨苦吃，甚至可能害己害人。爱面子或讲面子再往前一步，便是"摆脸"了。翻开历史，发现摆脸的事儿还真不少。《笑林广记》中的"引避"，说的就是："有势利者，每出逢冠盖，必引避。同行者问其故，答曰：'舍亲。'"比阿Q还阿Q。民间此等摆脸者不少，而官场就更多了。廉颇老将三拦蔺相如，要"羞辱于他"，差点因面子误国；寇准庆寿摆脸，极尽奢华，导致保姆刘妈妈展画罢宴；翼王石达开为小儿子庆贺"三朝"，竟在强渡大渡河的危急关头大摆宴席，以致错过时机，导致全军覆没。摆脸摆到极致的，恐怕要数慈禧太后了。为了筹备庆贺她的六十岁生日庆典，竟敢挪用巨额海军经费修颐和园，甲午战争爆发以后，户部奏请暂停颐和园工程，节省开支移作军费，慈禧太后大怒："如果连我的生日都办寒碜了，不但我的面子，朝廷的面子也没地方搁！又怎么体现我大清国河清海晏、国泰民安？"孰料这一摆，不仅面子给摆丢了，还给泱泱中华蒙上了耻辱。

每每联想到这些，心里总有种莫名的愁绪，难以排解。其实当今何止在幕阜山区，为挣面子的负面影响在华夏大地何处没有？近期听说有地方政府进行干预，如结婚礼金不得超过多少，违者受罚等等。这样的做法未必能长久奏效，改变一个习俗，光靠行政干预是不行的，需要从转变观念、树立正确的价值取向等方面综合治理。有个笑话，颇能给人启发：说有一男，问准丈母娘要多少礼金，答曰十万元，男子慷慨应允，说给二十万，不过要分期付款，首付两万。丈母娘闻之大喜，急忙答应。婚后男子忠实履约，每月付五千，致使家庭经济十分紧张，妻子被逼无奈，跑到娘家向母亲诉苦，不仅分期付款一笔勾销，还把首付悉数退还。看似好笑，深究一下，却有奥妙，思维、理念的更新，才是釜底抽薪的办法。

压茶盘因是幕阜山区结婚程序中的第一个环节，所以相对简单些，吃完酒宴就结束了。我随了"上客"队伍，走出新亲戚的家门，不禁呼出一口粗气，有点如释重负的感觉。抬头看天，天上没有一丝云彩，正是初夏时节，炙热的太阳光直射下来，晒得脸上火辣辣的。

暮 色

傍晚是山村最舒适的时候。

从早晨起，村子里一整天都是死气沉沉的，见不到几个人影，听不见几句人声，连鸡鸭都是在默默地觅食戏耍，偶尔发出一两声啼鸣或"嘎嘎"声，更增添了乡村的沉寂。只有到了太阳快落山的时候，才开始有了生气。

先是放学的崽姑哩把第一波吵闹带进了地场，村西头的健身器材上，立刻布满了童稚。那张连网都是铁质的室外乒乓球桌上，稚嫩的小手飞舞着只有木板没有胶皮的球拍，津津有味，轮番上阵。一副滑板载着一个细崽哩，飞一般滑进地场，一个急转身，重心后倾，重重地摔倒在地上，随即又快速爬了起来，灰头土脸地继续向前。紧接着又有两个崽姑哩，踩着电动代步车，优雅地飘了过来，绕场一周，倚在一棵山枣树上，与随后走近的两个同学一起，开始了跳橡皮筋的游戏。

此时太阳还挂在西山巅上，秋后的夕阳铺满了地场。地场以外就是大片的稻田，稻子已收割完毕，只剩下齐腰高的稻秆站立在田野里，看上去怪怪的。以前秋收，是连稻秆一起收割的，田野里一片就地禾茬，中间长出一些嫩绿的小草，有鸡鸭在觅食，有牛羊在吃草，俨然一幅美丽的秋景图。现如今割稻子是"抹脖子"似的，只割稻穗，留下满田稻秆孑然矗立，看着颇有些残忍，很是不忍心。

村里的崽姑哩并不多，村小学每个年级都只有一个班，每个班仅有二十来个学生，大都是留守儿童。这是令人忧虑的事情，孩子本就越来越少，有条件的又不停地往城里迁，好的老师也留不住，教学质量很不尽如人意。这些崽姑哩不像过去，放下书包戏不了几下，就被父母喝叫着去放牛打猪草，或是背起弟弟妹妹，看人家玩耍。现在他们轻快得很，无忧无虑，玩疯了玩得汗流浃背也无人管。直到太阳落到了山背，黄昏即将来临，家家户户的门口传来了"消夜啰——"的喊声，才一个接一个地跑回家中。

第二波便是特有的山村"饭局"。山里人晚饭不喜欢窝在家里吃，大人小孩都把自家的菜肴夹到大海碗的米饭上，三三两两的凑到村头树下，就着黄昏的微弱光线，边吃边打讲。我发现这种吃法很有凝聚力，许是邻居间白天各干各的，很少在一起，很多见闻需要互相交流，或是都想亮一亮自家的好菜，抑或在一起吃更有味道？就连我，到家没几天，也渐渐地在饭桌旁坐不住了，习惯性地端了碗，凑起了热闹。

饭局散，夜幕也渐渐拉开了，地场上又开始了第三波热闹。村西德公祠门口的石墩上，有人摆上了一座卡式录音机，乐声响起，便有女客陆续走来，在明晃晃的路灯下跳起广场舞，给山村平添了许多气氛。

这时候，男客们便陆续集中到老七家门前。老七媳妇拖出小木椅子，端出麻子菊花茶，七八个老脚哩围坐一起，也有个把冇事的后生，优哉游哉，恰茶叨天。老七家媳妇是本村最贤惠的，又勤快又好客，相当舍己。每天傍晚老七家门前的地总是扫得干净，要是夏天，还会泼水降温，以便坐着凉快。那些男客又都是些坐烂板凳的，一坐几个时辰，叨起来就没个完，不到半夜不起身，每晚要泡几遍茶，老七端烟都要端掉两三包。好在他的两个崽女都在外面赚钱，经得起折腾，不然家都会被恰穷掉。

我每每回乡省亲，断夜后也会间或跑到老七家去，参与他们的叨天。他们那真叫作叨眯眼天，从来没有主题，没有边际，叨到哪算哪。有时讲古，替古人担忧；有时叨到国外，又为美国操心；叨岭背娶亲的花了多少彩礼；叨上屋叔公死了做道场有几张字。最有意思的是叨起不正经的事儿，那真是眉飞色舞，劲道大。

村里有个爱吹牛的，绰号叫"白瓜哩"。白瓜哩长得细皮嫩肉，说起话来头发一甩一甩的，一双手插在裤袋里，一只脚还踮呀踮的。他一年到头不落屋，家不像个家，所以一直找不到老婆。不过他吹牛说他找过四个老婆，生了四个儿子，就是不说到哪儿去了。他年轻时就走南闯北做生意，钱赚得多，花得也快，嫖赌逍遥无所不能，自己做了还喜欢吹，老是卖弄那些破事。他总是说只有他活得值，别人问，值在啰处？他就不知羞耻地说："戏姑哩呀！"他还跟人说，他爷活得最不值，一世人就睡了他娘一个，枉来世上走一趟。以前那些年，他在城里洗浴中心、按摩店里瞎混，不知搞过多少"小姐"，还绘声绘色地说哪种姑哩是哪种味道。有人问："你这么乱搞，就不怕染病？""戴套啊傻瓜，"他便向那人白一眼，"那时套子对我来说就像香烟一样，口袋里总不缺。"说着还真的从裤子口袋里掏出烟，津津有味地吸着。他还道出了他做的缺德事，说有时故意把套子刺破一个小洞，让卖淫女意外怀孕。别人说他太缺德了，会遭天杀的。他便得意地哈哈大笑，说管他呢，谁叫她们收我那么多钱。反正穿上裤子出了门，谁也不认得谁了。当问他现在去不去了时，他才把个头摇得像拨浪鼓。

"那你还是不如坤哥，"养龙虾的三弟说，"坤哥是'带研究生'的，三年一个，按时毕业。"坤哥是本地在外面发了大财的大老板，据说专门找年轻漂亮的女大学生做秘书，每一个都是三年分手，不留后患，还美其名曰"带研究生"。据说坤哥每年为此要花掉几十万，连眼都不眨一下。

"不过像威亚那样也不错。"说话的是八房的老锁。威亚自己留在家里带崽，把个老婆放出去打工，听说过年都不回来，人们都怀疑她在外面做不正经事。威亚也不过问，只要她能寄钱回来就行了。他自己当然也不寂寞，与村上的关林嫂好上了。关林也是长期在外打工，老婆年纪不大，在家带着两个孩子，一年到头守空房。这样就是干柴遇烈火，一点就着。我寻思，他们这种凑合，恐怕也就是解决一下生理需要罢了，感情自是无从谈起的。

叨到这些，我总是想到每年开春时节，那些"放单"出去打工的青年男女，牛一样的小伙子，水灵灵的小媳妇，一分开就是一整年，叫他们怎么熬日子啊！一起走吧，孩子两三个，总得有一个大人在家管着；丢给父母吧，"隔代亲"带坏孩子的教训已经不少了。还能怎么办？只有自己扛呗。于是一些伤风败俗的事儿便也出来了，旁人听了又能说什么？也只有唉声叹气的份儿。

山里人把这种叨天叫作打讲，又叫打烂哇哩，打起来一股子劲儿，屁股夹得线断。叨天完了打个哈欠，拍拍屁股回家睡觉，啥事没有。整个一种不叹天地、悠然自得的样子，充满了获得感、满足感。

看到他们这种样子，我就想，人其实是很容易满足的。穷的时候，能温饱就满足了；病的时候，健康就满足了；累的时候，能歇歇就满足了；乱的时候，平安就满足了。多数人没体验过，听说坐牢的时候，能自由就满足了。

问题是，穷人富起来后，却又想更富，总是不得满足；病好以后，很快又忘了痛苦，又开始熬夜、胡吃海喝，又丢掉了健康；歇够了往往无事生非；平安了不居安思危；从牢里出来的，有的又"二进宫""三进宫"……

人之所以不容易满足，是因为有欲望。欲望大了，就永远不得安宁。我国古代有"人心不足蛇吞象"的故事，外国有"三兄弟淘金"的寓言，儒家有古训，释道有真经，老子云："祸莫大于不知足，咎莫大于欲得。故知足之足，常足矣。"他还设问：声名和生命相比哪个更为亲切？生命和货利相比哪个更为贵重？获取和丢失相比哪个更有害？过分地爱名利，就必定要付出更多的代价；过于积敛财富，必定会招致更为惨重的损失，"故知足不辱，知止不殆，可以长久"。

可山里人的这种满足，我怎么就是琢磨不出味儿来呢？那些传闻固然多数与己无关，有时说着说着就扯到了鬼神上了，更是无边无际。可有的分明就发生在自己周围甚至自己身上啊，那里面的多少酸甜苦辣，他们却品味不出来了，他们的神经莫非有一些真的已经麻木了？

我有时也会驻足田野，西望黄龙山，看日落的景象。其实日落是很快的，你只要专注观看，那轮金球真的就像滚动着落入山后，把一片金色洒在天边。暮色是很美的，美得人陶醉，不说别的，光是那些火烧云，就足以令孩子们充满遐想了。尽管古人有"夕阳无限好，只是近黄昏""独坐黄昏谁是伴""夕阳西下几时回"等悲句，但我还是欣赏叶剑英元帅的"老夫喜作黄昏颂，满目青山夕照明"，希望黄昏之后，还有一个清新的早晨！

对于山里人的那种满足感，我既为之欣慰，又感到有些别的滋味儿，总觉得那满足里面缺乏一种东西。

傍晚在老七门前叨天，好像能引起共同兴趣的话题，基本都是些野蛮的，正经的不多。这也就是玩得无聊，消磨时光罢了。如今的山里人，没有田种了，在家就等于赋闲，时间便也显得特别多，白天虽然有麻将、牌九打，但那玩意儿不可能从早打到晚。文娱活动别无他物，就剩了一台电视可看，那上面除了小孩子喜欢看的几个动漫，大人基本上无节目可看。如今的电视节目就像吃的，要么太难吃，要么吃到腻。前些年放宫廷戏，戏说历史，片子放得山穷水尽了又来放打鬼子的片子，什么正剧喜剧悲剧闹剧，都编瞎了还在编。也偶有送戏下乡的，可电视里的都看得不想看了，更没有兴趣去看那些戏了。转来转去还是恰茶叨天好。

我的加入，使叨天增添了新鲜味儿。我一到场，人们先是客气，又是让座又是端烟。我接过七嫂的茶，吹开浮在面上的麻子菊花，吸一口，赞叹道："真是好茶！"一旁的六子就说："好是好，就是少了点桂花。"我们故乡人泡修水茶待客，十分舍得，一般除茶叶外，还有腌菊花、炒芝麻、炒黄豆、干花椒，喝起来有茶叶的甘味、菊花的甜味、芝麻豆子的香味、花椒的麻辣味，几种味道混合在一起，别具风情。而且还有药用价值，茶叶清肝，菊花明目，芝麻润肺，黄豆补肾，花椒滤湿，喝一碗茶就等于是喝了碗补药。喝完了茶汤，再把那些丰富的茶渣倒入口中，细细地品嚼，那种甘甜麻香的美味，真有说不上的享受。六子说的桂花，那是更加珍贵些的佐料，桂花的香味很特别，十分醉人。只是那种花不太好采摘，加工也不容易，放的人自然就少了。我说能恰到七嫂的好茶是福分，不能要求太高啊。边喝着茶，他们就边问我一些外面的见闻，也仅仅是为了满足新鲜感而已。比如听说抓了好多贪官，有的贪官贪的钱用屋子装，金银珠宝不计其数，不知是真是假。"啧啧啧……"听到我肯定的证实后，他们会斜起眼睛向天，发出这样的感叹。另一个又联想到了身边的例子："你看岭上的水亚，以前家里穷得叮当响，他爷娘是苦到了笃（极点），几作孽啊，好不容易发达了，当上了县长，又因腐败进了班房。"听说这个人不仅贪污受贿厉害，而且生活腐化得很，情妇就有三十多个。人群里接连发出叹息。

这样的议论场景，在山里时常发生。其实对山里人来说，对那些通过努力奋斗，在外面当了官掌了权的贫困子弟，便看他是否能把家里人和亲戚朋友安排出去，安排了就为之喝彩，认为他有本事，有良心，否则就会说他的怪话。接下来就是看他能否"回报"家乡，对此乡里人会津津乐道，夸赞不已。只是牵涉到自己利益的事儿，他们才会上心，比如对缴医保就意见大，说前几年人丁只收几十元，现在涨到快三百了。说钱要年年交，得病的毕竟少，问这些钱都到哪里去了，有的想方设法要搞到顶"低保户""特困户"的帽子，哪怕领到补贴的钱拿去打麻将，也要拼命去争。对于诸如此类的东西，他们可是毫不含糊、寸步不让的。

面对这样的议论场景，我的心里总是有些纠结。走在黄昏的山墺里，看斜阳西挂，映照着满目葱茏，层林尽染；小河的水波泛着银光，打着呼哨，跳跃着流淌；山脚下的村庄里，家家屋顶上已然冒着袅袅炊烟。真是太平世界，朗朗乾坤。暮色里的人们，放下筷子，便东一个西一个，村头村尾游逛；然后要不进东家上牌桌，要不到西家围坐打讲，过着不叹天不叹地、不问国事不愁柴米的日子，就像是桃花源里人，"不知有汉，无论魏晋"。至于山外何时发生了何事，都与他们无关，"天塌下来有高个子顶着"，"闲事莫管，无事早归"。玩得久了，哈欠一打，抬起屁股，回家困觉。

　　我突然想起了鲁迅笔下的"看客"，想象着那些人在他们看来是"新鲜事"的场景面前，那种拥挤着看热闹的景况："于是他背后的人们又须竭力伸长了脖子；有一个瘦子竟至于连嘴都张得很大，像一条死鲈鱼。"

山 风

一

走进山里，你最先感受到的一定是风。

车行山区，你若关了空调，摇下车窗，便有一股清风扑面而来，那才是"解落三秋叶，能开二月花"，让你神清气爽，大呼过瘾。

山野里的风带着许多香味儿。铺天盖地的密林中，总是间杂着无数的奇花异果，给人送来芬芳烂漫，活色生香。早春有樱桃花的妩媚、檵木花的清香，季春有杜鹃花的热烈、桐子花的烂漫，盛夏有栀子花的素雅、茉莉花的清新，深秋有碧桂花的浓郁、金菊花的甘甜，寒冬有山茶花的醇厚、蜡梅花的优雅。众多的香气随风吹来，沁人心脾，怎不令人陶醉？

若是登上山顶，站在高高的山岗上，那迎面吹来的山风，则有吞云吐雾、飘然欲仙之感。俯首脚下，但见林涛滚滚，奔涌而来，耳旁便有无数洞箫玉笛，奏起天籁。放眼远方，千山万水恍如展开的巨幅画卷，在风乐的伴奏下，顿时生动起来。俄而抬头举目，便有云雾随风飘至，恰如仙女翩然起舞，腾挪迂回，美不胜收。置身其间，不觉与仙境无异。

山里的风，最富有韵味的，还要数山坳塬垄。山脚之下，是水田稻谷、池塘鹅鸭、坡上麦薯、园畦瓜菜，还有小小村落点缀其间，竹林掩映，小溪环绕，青砖黛瓦，犬吠鸡鸣。行走其间，惠风和畅，那田垄里的甜香味儿，夹杂着炊烟里的油盐味儿，直把人的食欲勾起，浓浓乡愁一触即发。

山里的风啊，真的很特别——没有狂风肆虐，没有飞沙走石，没有腻歪怪味，没有有害气体。山风送来的是温馨，是舒适，是清爽，是惬意。沐浴在如此美好的山风里，谁都会怡然自得，流连忘返。

二

我的老家在湘鄂赣交界的幕阜山区，这是一个平凡而神奇、普通而独特的地方。

幕阜山脉以它博大之心怀，养育了数百万优秀儿女。在这里，他们祖祖辈辈繁衍生息，薪火相传，与全国各族人民一道，共同浇灌着伟大的中华文明。他们淳朴厚道，忠肝义胆。由于长期受儒家思想的熏陶，仁义礼智信的道德标准深入人心，为人处世崇尚忠孝，憎恶奸邪。他们勤劳勇敢，追求上进。无论是刀耕火种，躬身农事，还是读书求学，入仕经商，都能努力奋进，争先恐后，挥洒才智，各领风骚。他们心胸宽广，虚怀若谷。南北交汇、山水相依的地理背景，塑造了他们"有容乃大，无欲则刚"的君子气质，使他们对来自各地的文化兼收并蓄，大度包容，尽显山、江、湖一体的过人品格。

有一个故事，从我父亲口中得知，至今存留在我的心间，恐怕一辈子都难以忘却。

那是很久很久以前，我太爷爷与我老叔公共住一座屋子，屋子为"连堂五间"结构，中间开着八字大门，堂前两边是小店铺，以柜台隔开。老叔公在西边开了一间中药铺，起名"镇济堂"；太爷爷在东边开了一间南杂店，兼摆一砧代卖猪肉，起名"怡和祥"。开始生意很好，到西边铺里拣药的，一般都要到东边店里买点红糖咽药，或是买斤把猪肉补补病人身子，加上平日里有人来买一些火纸香烛之类的日用品，这样他们还能供养一家数口的温饱。可是不久后，问题出来了，由于山乡实在太穷，百姓都很拮据，于是买货赊账的越来越多。药铺还好一些，人们知道药铺是万不能赊账的，砸锅卖铁也要弄到钱去买药，否则药铺亏损倒闭了，拿什么治病？救命的事是开不得玩笑的。可买杂货就不一样了，赊的人比较多。加上我太爷爷又拉不下面子，乡里乡亲的，人家多说了两句，也就硬着头皮赊出去算了。很快店里就陷入困境，入不敷出，进货缺钱，眼看连本钱都快赊光了。太爷爷急得团团转，一筹莫展，无计可施。老叔公是个文化人，颇有头脑，他日思夜想，想出一首打油诗，用红纸写好，贴在太爷爷的柜台上。诗曰：

> 生意如同水转车，
>
> 出门无伞靠云遮。
>
> 石板栽花根底浅，
>
> 任是亲朋我不赊。

诗确实写得好，既含蓄又中肯，借喻深刻且言辞坚决，叫人一看就不好意思赊账了。可见老叔公的国学功力确非一般，在一个穷山沟里，一个普通的郎中，能有如此文才，亦可见此地的文化底蕴之深厚，恐少有出其右者。

可谁知还是有不少进店来的，对那张红纸视而不见，仍然提出要赊。老叔公皱着眉头，困惑不已。太爷爷说，你这诗不管用的，你想来买药的人，有几个是识字的？诗认识他，他不认识诗啊！

后来太爷爷的南杂店还是因赊欠太多倒闭了。

我为我生在幕阜山深处而庆幸，为吸吮着大山的乳汁成长而自豪。虽然远离故乡多年，但谷壑之声，无时无刻不在向我呼唤，峰峦之影，无时无刻不在我的脑海显现，脚下总想踏上归乡之路，心中总有抹不去的乡愁。

三

或许是山里娃的属性难改？即便过去了数十年，当我一脚踏进山里时，本已混沌的头脑，即刻被阵阵山风吹得清醒无比，血清素和内啡肽顿时活跃了起来。徜徉在村头地角，微风起，吹来各种味道，都是那么熟悉，那么亲切，就连牛栏里、田野上飘来的牛粪味儿，我闻着都是香的。

在山里转得多了，感觉便也逐渐多了起来。尤其是故乡的变化，给我许多欣慰和兴奋，新农村的崭新面貌，处处焕发着耀眼光彩，山乡确实出现了繁荣昌盛的景象。以前破旧潮湿的老屋，几乎全被新型楼房取代；以前泥泞飞沙的土路，已被清一色的水泥路面覆盖；以前面朝黄土背朝天的老农，也几乎全变成了新型的打工一族。从吃、住、行、用等日常生活上看，山里人与城里人已无太多差别。随之而来的是举家外迁的青少年，衣着光鲜地返乡休假；是放下锄头远离稼穑、含饴弄孙尽享安乐的老叟老妪；是崭新的小车成群结队地开进山乡，以至造成了年节期间山区农村的大堵车……

而山村里依然不变的，是那里的古朴民风。透过新的建筑、新的用品、新的打扮、新的生活，山民们骨子里留存的风骨，还是那么淳朴、敦厚、纯洁、善良。

走村串巷，我惊讶地发现，时至今日，许多人家还是"日不闭户"，家庭主妇在里间做事，外面大门却敞开着。山里的老规矩，进到人家，不管是熟悉的还是陌生的，都是先在厅堂大喊一声："恭喜哟！"主人听到了，也不出来，只是一边做事，一边回应："请坐旦，歇下旦，呷茶旦！"这叫"迎客三旦"，客人也不推辞，随手拖把椅子坐下，片刻间，女主人就把一碗热腾腾的香茶递到了客人手中。这是山里人最起码的待客规矩，不论生熟，不问远近，哪怕是走路歇脚的，一律如此。山里人不关大门，一方面说明现在社会治安良好，不需关门闭户防盗防窃，另一方面也是几千年传承下来的风俗使然。

幕阜山区有着厚重的历史文化，其民风民俗自然也就非同一般了。这里远古时期属于三苗国，是中原涿鹿大战后的蚩尤氏族后裔移居之地。蚩尤氏族在当时是华夏发展较为先进的一支，其特色之一就是在社会管理中最早运用了规则。规则是道德的基础。只有让人们习惯遵守规则，良好的风气才会形成。后来随着人口的迁徙，又把邹鲁文化、儒家文化带到了这里。由于大山的阻隔，历朝历代的战火难以烧进深山，这里遭受的破坏不大，成为乱世中较为清净的一方净土。一些学富五车、涵养高深的有识之士，纷纷携家带口，为躲灾避祸，辗转来到山里安家落户，繁衍生息。典型的如修水黄庭坚先祖黄赡，不仅自己在分宁县令的位子上卸任后，选择落户在这里，还把远在老家浙江金华的父母兄弟全部迁徙过来。在繁衍生息的历史长河中，黄氏一家大力弘扬儒家文化，开创出许多为人处世的新风，成为当地人们学习的榜样。分宁黄氏第三代传人黄中理所创立的黄氏家规，共二十条，涵盖重孝、礼让、崇文、互助等诸多内容，被誉为"黄金家规"，在修水广为流传。文人雅士的垂范和推动，使传统文化在这一带延续不断，愈来愈深入人心，优良的社会风气自然就有了深厚的功底。

有一次我回山里探亲，村里的国宝书记来访，红着脸说，村里想建一个村部，但缺乏资金，问我有没有办法帮助解决一些。我想每个行政村必须要有一个村部，这是多年前中央对基层组织建设提出的要求。建村部的资金如基层有困难，是有渠道解决的。这是合理合法的事，可惜远在深山沟里的国宝他们并不清楚。我于是找到了在市里当领导的一位老同事，老同事一听非常重视，连忙跑来现场办公，当场答应给下拨十万元。国宝连声感谢，我在一旁问，十万够吗？意思是你还可以多要些啊，何况在当时，建一个村部十万元真的是不够的。可国宝与两个村干部合计了一下，硬说够了，够了，如有缺口他们再想办法。我知道这是山里人的性格，遇事要"知足"。这么实诚的人，委实少见。我在外面见得多的，倒是一些"会哭的孩子"，挖空心思要奶吃，巴不得多得到一点。后来国宝他们建房果然资金紧张，他们宁愿四处去借，也不再向上级申请资金。

也许是年岁大了的缘故，我觉得近来我的情感越来越脆弱，泪窝子越来越浅，一遇到感人之事，总会情不自禁地感动起来。当然我也清楚，这一方面是很长一段时期以来，负面的东西影响太深，社会上缺德害人的现象时有发生，以至于人们都不敢去做好事，眼看着老人倒地、病患呻吟、灾难压顶、霸凌横行，却鲜有人挺身而出，以彰博爱，以正公理。这些情况看似简单实则复杂，深究起来实属不易。正是在这样的大环境下，在山里面遇到诚实守信、见义勇为的现象，心中就会受到触动，感慨万端。有一年夏天进山，遇到了一群少男少女，刚从山里返回，他们的身上、脸上沾满泥土，头发蓬乱，一脸疲惫，可却精神焕发，谈笑自如。原来这是一个自发组织的名叫"蓝豹"的抢险队，为救几个外地来的迷路游客，在陡峭偏僻的山沟里搜查了一个通宵，成功解救出了迷路者。他们的辛劳没有报酬，其实也没有谁下达任务，完全是出于自愿，所做的都是义务公益，哪里需要他们就奔赴哪里。像这样的队伍在山里并不鲜见，每逢山洪暴发、山火肆虐，或是其他灾难，都少不了他们的身影。见到他们，你不能不油然而生敬佩，与他们在一起，你总会血脉偾张，激情澎湃，他们的行为犹如一股清风，涤荡着污浊空气，使山山岭岭倍显高洁，秀色可餐。

四

　　山里的风，多是醉人的清风、和畅的惠风、拂面的金风，当然也有凛冽的寒风、软骨的熏风。冬季里，倘若不加防备，遇到一股西伯利亚刮来的冷气，那风便会穿透肌肤，刺入骨髓，叫人不寒而栗。春夏之交，偶有一股湿暖气流过来，那风吹到身上，便能侵入体内，令人骨软肌酸，整天打不起精神。

自然界的风，来自天道轮回，时序所属，有其规律。既是自然现象，自然无可非议。而社会上也有一些混浊逆流，邪气歪风，在山旮旯里刮起，呼啸出主旋律之外的噪声，就不免令人生厌了。

就在乡村振兴高歌猛进、一派繁华的景象中，也有着美中不足、瑜中之瑕。如今的山乡，农业退化、耕地荒芜，与打工族的艰难、收入的不确定性一起，构成了山民心中搁不下的隐忧。过于安逸的老年生活，不仅滋生出许多身体上的"城里病"，还使过去一些消失多时的不良习气沉渣泛起，麻将、牌九、买码、挂流年等风靡山乡，虽然多数有别于赌博，仅为娱乐或消磨时光，但对地方风气造成了潜移默化的影响，使勤劳俭朴、耕读传家的古训黯然失色，现代文明的风尚更是遥不可及。

几十年的光阴转瞬即逝，幕阜山区随同整个华夏大地一起，在高速旋转的社会发展中前进。这种前进，就像是转动的万花筒，奇形怪状变幻莫测，叫人眼花缭乱莫衷一是。然而不论怎样，好坏终有鉴别，优秀的总会被不断弘扬，蔚然成风，劣质的终将被历史淘汰。整个山区，犹如列车上的一节车厢，正在随着列车的飞奔，风驰电掣地向前、向前。

山　骚

一

山居看山，犹如读一本书，读得久了，总想问一些问题：山有思想吗？山会观察和思考吗？

于是我试图从山中找到答案。我询问数千年前的伏羲、虞舜、大禹，我拜访古老的瑶族、苗族、黎族、畲族，我甚至顺流而下，一路追寻魂归幕阜的屈原、杜甫、超慧、慧南，还有魂飞山外的吕洞宾、葛洪、黄庭坚、陈寅恪。他们都似乎告诉我，黄龙山的魂魄，无时无刻不在山中游荡，无时无刻不在观察事物、思考问题。

我于是对山更增添了神秘感，觉得对山愈加崇拜，愈加敬仰。

二

山是巍峨的，总是那么高不可攀。我攀登黄龙山的时候，已是年过花甲之人，多次手脚并用，甚是吃力。零距离接近故乡的山岭，有如再次躺进妈妈的怀抱，心情自是畅快得很，每一棵小草、每一滴水珠，每一粒沙石，都是那么亲切，都能引发美的遐想。有遐想就有动力，于是不知不觉地，奇峰峻岭竟也不在话下了。当我踏上那块三省分界的石头，巡视着周边的群峰时，我突然觉得自己是如此幸运，就如开在巅峰的一朵杜鹃，或悬崖上傲然挺立的一根松针。

站在山顶往下望去，远远近近的山墈尽收眼底。那些山墈沿着山脚曲线，构成一块块小平原，大的数十平方公里，小的仅有五六平方公里。我正在扫视山墈的景观，忽然听到了一声叹息，是山发出的。山的叹息是如此沉重，就像一个老爷爷的心声，满是对儿孙们的忧虑。我看看山巅，再顺着山梁往下，直到那些优美的山脚曲线，似乎揣测到了其中一些端倪。

山墈的景观原本是相当迷人的。打眼望去，每个墈里都像一幅山水画。片片水田铺开在小山丘之间，一年四季展现出不同的色彩。春天是紫色的花草；夏天是绿色的秧苗；秋天来了，金黄色的稻子笑弯了腰；冬天里，稻草垛儿排排站立，守护着山乡的安宁。山脚边上，小村庄依山而聚，灰墙黛瓦，有炊烟点缀；古樟竹林，有犬吠鸡鸣。一条弯弯曲曲的小路，把村庄与村庄连起。小路上，不时有牧童牵牛走过；池塘里，常传出鹅鸭的嘎嘎歌声。

可是现在变了，那样的景色已经很难见到了。远远望去，山墈里显得有些杂乱无章，那种依山傍水一村一景的小村庄，逐渐被绵延不断、大片矗起的平顶房取代。新房的建设速度快得惊人，只需十几二十年，小村之间的水田空地就被拥挤不堪的平顶房填满。那些房屋是没有规划的，大小不一，坐向各异，整个山墩以那条贯穿全墩的马路为聚合线，马路两边簇拥着盖满了房屋，其余的拥挤着向田野里铺开。铺开的都是各家按照各自的喜好，或是请来风水先生把关，避开凶险关煞，选择所谓吉利富贵的坐向。这样的村庄没有线条，没有方块，没有公共设施，没有社区功能，全是杂乱无序的建筑，就像一个拙劣的画匠，在随意泼墨涂鸦。可怜那些有着几十上百年甚至几百年历史的老屋，都成了"空心屋"，那些门楣上高挂着的"厚德引牟""乐善不倦""品重经纶"或是"京兆宗风""紫阳世泽""邹鲁旧家"的牌匾，连同堂前柱子上的木刻楹联，都已失去了往日的光辉，显露出清冷的孤寂。再后来，就是那些老屋本身，也禁不住风侵雨蚀，纷纷倾覆，将那些历史文化一股脑儿淹没在腾起的尘埃之中。被压缩得支离破碎的稻田，成了大片房屋的点缀，可怜兮兮地仰望着山峦，随风发出无奈的呼声。

于是山叹气了，山看到在它脚下发生的这种变化，有些捉摸不透。以前，山看到了远处的景致，发现山外有山天外有天，新的农村比山里更美更靓，于是它也曾期盼着山里面貌的改变，憧憬着"楼上楼下电灯电话"的靓丽美好，甚至鄙弃身边这些陈房旧屋。可如今山里人改变了旧貌，却又不是理想中的样子，山甚至想，与其这样，还不如当初啊！

三

独行山中，我忽然有一种冷寂的感觉，总觉得山墩里缺少了什么。

又是一声叹息，我固执地认为又是山发出的。不过这声叹息有点怪异，并非全是失落，还有些许感悟。

我走进介石堂，遇见在那儿打扫卫生的老叔婆。我问这屋里怎么这么安静。老叔婆说："没有崽姑哩吵哇！"这才想起，现在的山塅里缺少了童声。童声是上天赋予人类的乐曲，孩子是一个村庄的动力引擎。只要有孩子的声音，哪怕是哭喊吵闹，这个村庄就充满了生机活力。反之，即使村庄再大，房间再多，再怎么豪华气派，总是死气沉沉，毫无生机。

想这些山塅里，以前多么惬意！枯藤老树昏鸦，小桥流水人家，朝闻鸡鸣夕听牛哞，儿童相见不相识，笑问客从何处来。以前多么热闹，男女老少刀耕火种，村村寨寨鸡犬相闻，香火鼎盛，人气满满，不亦乐乎？后来，青壮年远行外出打工，孤寡老少留守家园，山塅里就渐渐沉寂了。眼看着屋子越盖越多，屋子里的人却越来越少；塅里的稻田渐渐抛荒，变成了野草丛生的湿地。但不管怎样，还有孩童留在家中，还有校园书声琅琅。虽说"留守儿童"甚是可怜，还有同样可怜的"留守老人"，老幼联手，总能撑起一片天。可再后来，打工族的腰包稍微鼓起来了一点，他们嫌山里的教学质量不高，纷纷到县城买房落户，然后把孩子转到县城入学。这一下，小的离开了山塅，还要老的跟去陪读，这山里的人就更少了。乡村的学校生源减少了，班级迅速缩减，有的小学只剩下三五个学生，老师无法教学，纷纷跳出了山区，学校办不下去了。山区出现了一个怪现象：农村学校越来越不景气，有的关门大吉，而县城却人满为患，不得不增开学校，以应急需。

难怪山要叹息，此情此景，谁见了不会发出感慨呢？

俗话说，人往高处走，水往低处流。与城里的孩子比起来，山里的孩子真的要矮人一截，若论读书，确实会输在起跑线上。山里偏远，交通闭塞，信息隔离，孤陋寡闻，山里的学习条件、教学质量，怎比得城里？像我们这样的过来人，小时候进城读书的事想都不敢想。现在好了，农民毕竟富起来了，能把孩子送到城里去读书了。虽说很多是踮起脚做长子，拼命打工节衣缩食省下来几个钱，总算是与城里孩子站到同一起跑线上了吧。这不正是山里人期盼已久的事吗？挣扎了多少年多少代，终于挣脱了大山的阻隔，奔向了美好的未来，奔向了更好的前程，怎不令人欢欣鼓舞？

然而山还在，太阳每天还是从东山坳上露出笑脸，夜里山塆里的灯火还是在闪烁明灭。以前是青壮年走出了山门，现在孩子们又飞出了山塆，这山的孤独山的寂寞又有谁知，又怎么了结？

四

太阳西下时分，我夹了些菜在饭碗里，端到地场上的桂花树下。这是山里人的一个习俗，早晚两餐，总是不愿在家里吃饭，而是端起饭碗踱到地场上，找一个适当位置，或站或蹲，或往石头上一坐，邻舍大人小孩凑到一起，边吃边聊，甚或互相夹菜交换口味。那场面，叽叽喳喳，吹吹呼呼，好不热闹。

刚坐下，隔壁老铁也端着饭碗过来了，后面还跟着两个崽姑哩，都是过来凑热闹的。

"明天做什么事？"我随口一问。

"明天要去帮庆伢崽打生茔。"老铁说。

我有点惊讶："庆伢崽才五十多岁啊，干吗要这么早打生茔？"

老铁说这是地方上的风俗，差不多的时候都要操心着自己的归宿，甚至有俗话说："三十岁不制板，好大的胆！"

庆伢崽的生茔打在尖山岭的山窝里，那片山地是他们家族的祖业，农村改革时也是他们的承包山地。山里人有个约定俗成的规定，谁死了只能葬在他自己的祖山上，在那块地上可以任选一处掩埋。

不知从何时起，山里兴起了打生茔的风俗。人还活着，即便身无疾患，能把牛打死，也要请来地仙哩，找好位置定好坐向，打个生茔。

打生茔并非易事，一个生茔两个墓坑，外加大小罗圈拜坪台阶，全要用麻石砌成，还要在墓碑、石柱上雕花刻字，讲究些的还要请文化人撰一篇墓志铭，雕刻在望山碑上。整个搞下来不比造几间房子省力，所需费用一般要几万元。

打生茔的好处是能让人知道自己死后的归宿，心里踏实。再说生茔一打，在山窝里很是显眼，看上去阔气有派头，显得自己贵相。可打生茔是最令山反感的，因为打一座生茔就等于在它的"身上"剜出了一块伤疤，打得多了，就搞得到处都是疤痕，山也会痛啊。其实人不知道死后埋在哪里又有什么关系？青山处处埋忠骨，何须马革裹尸还？可打一座山茔就得毁一块山地，山里人的生茔越打越多，规模越打越大，植被惨遭破坏，实在有碍观瞻。

山里的变化是奇特的。变好的是主流，是宏观的；变差的也有，很多事情变得使百姓不堪重负、无可奈何。走村串户，人们谈论得多的，便是"三不起"：娶不起，生不起，死不起。年轻人娶个老婆，礼金竟然涨到了十几二十万，加上吃喝排场，费用天价，不举债有几个拿得出的？生个小孩下来，从养到育，从幼儿园到上大学，一路算去，要多少钱对付？还得搭上隔代长辈，帮助带娃带到走不动为止。正因为此，现在人口老龄化，叫年轻人多生，他敢吗？死也死不起。还没死呢，就要花大笔钱打生茔，死了还要做道场，少的三天三夜，多的七天七夜，亲戚朋友包括村里乡邻，拉开流水席胡吃海喝，又是几万甚至十几万的开支。作为一个农村人，靠打工赚的几个钱，如何负担得起？问题是在山里农村，风俗难违，别人都是这么搞，你不想搞都不行，只能打肿脸充胖子，依样画葫芦，一辈子打工还债。

　　近年来山里想移风易俗，规定一律实行火葬，每个村建一块公墓，骨灰统一安放在墓地里。这当然是个好办法，经过反复宣传教育，山里人也都愿意火葬，但村里的公墓因为缺钱难以修好，老百姓看了都不愿意躺到那里去，于是只能任由死者家属自己安排。这样一来，火葬是实现了，可骨灰还是要用棺材装着，埋在高大的生茔里，葬坟占山破坏植被的现象还是没有完全解决。

　　风俗本是教化的产物，理应传承文化精华，努力打造良风贤俗。我们民族的文化传统是厉行节约，勤俭办事，古往今来都是崇尚节俭鄙视铺张的。我们这种大操大办、不断攀升的不良习气，不知源于何时何处？且愈演愈烈不可遏止，令人难解其故。

五

注目黄龙山，我有时觉得这座山有点骄傲。你看它那昂首挺胸气度不凡的样子，就像一个诗书满腹才华超群的君子高士，满是怀才不遇傲视天下的模样。

山的骄傲是有来由的，因为它有骄傲的资本。

作为幕阜山脉的主峰之一，黄龙山可谓江南一绝。它海拔1528.3米，与幕阜山绵延相连，素有"一脚踏三省，一山发三水"之谓。立于山顶，脚下便是湘鄂赣的分界线，一条森林防火带把三省界线划得泾渭分明。从山顶发源的泉水，分三路跃出山外，往湖南的是汨水，往江西的是修水，往湖北的是隽水，分别注入洞庭湖、鄱阳湖和陆水湖。山腰以上是绝佳的防暑胜地，林密石奇，鸟语花香，流水潺潺，日丽风和。山下有一眼温泉，水温适宜，水量充沛，水质被地质部门评为江西最优。传说乾隆游江南到过此地，还泡了一回温泉，感觉甚好，龙心大悦，赐名为"太清天下第一温泉"，从此太清温泉誉满三省边区。

更令山得意的还远不止这些，这里的自然景观遍布山麓，举如"金鲤承露""石龟问松""试剑石""云之巢"之类的景点多达一百余处。人文胜境更是可圈可点，绝无仅有。远古传说众多，伏羲在这里演习八卦发明古琴，虞舜在这里观测风云编制历法，大禹治水登过此山，开始了平定三苗的历程，等等。还有货真价实的古迹光照汗青。高山清泉龙湫池，史载"中有黄鱼二尾，能致风雨"，故命名黄龙山。建于三国东吴时期，用来监视刘表军队动向的瞭望营寨，至今尚有残垣断壁，称为"营盘寨"。东晋葛玄、葛洪炼丹修道的只角楼，遗址尚存。特别是山麓脚下那座规模宏大的寺院，为始建于唐代、兴盛于北宋的禅宗五家七宗之一黄龙寺，虽已损毁殆尽，但仍有不计其数的古迹散落其间，有黄庭坚、张孝祥等留下的摩崖石刻光彩照人，来自国内外的黄龙宗后人源源不断地来此寻根问祖，使之香火不灭，精神永存。

若把眼光稍微放远一点，则有更多瑰宝藏于深山。有新石器时代的山背文化遗址，有道教宗师吴猛修行之所吴仙里，有中国非物质文化遗产全丰花灯和宁河戏，是著名的秋收起义发源地，还有黄庭坚、陈寅恪等历史文化名人旧居。真是举不胜举，灿若繁星。

一座如此富有的宝山，按说早就被开发为文化旅游胜地了，可是因种种原因，至今还是"养在深闺人未识"，这不由得使这座山空怀壮志，倍觉委屈。

其实开发不开发，也是一柄双刃剑。不开发吧，实在可惜；开发吧，也有弊端。你看那些名山大川，只要成了景区，就立马旧貌变新颜。一旦动起干戈来，那就是开膛破肚，斩关夺隘，驱云拨雾，势不可挡，什么景物修缮、配套设施，像盘山公路、栈道索道、民宿客栈、楼堂馆所，整个山岭到处都有，幽深宁静的环境，一准会为人来车往喧嚣繁华所取代。

山于是沉默了，山的心中开始自我纠结。

我想纠结也罢豁达也罢，时代总是要发展，人类总是要进步的。你看这山里面，大开发虽没有动静，可小打小闹的动作已经四处响起了。那些原来居住在山上后来移居到山下的人们，又把老屋翻新，或推倒重来，变成民宿，用来接待上山避暑旅游的游客。有些人还在山上搞起了种植、养殖业，要用自产的无污染的食品供游客们享用。而山那边的幕阜山、药姑山古瑶村、龙窖山以及天岳关、石牛寨等旅游景区，都已经成了气候，势头直逼黄龙了。

无论是推着走也好，主动跟进也好，我想这座魅力无穷光彩照人的宝山，总有一天会听到大开发的号角，迎来开椟亮珠的光辉时刻，把美丽多姿的形象展现在世人面前。

六

"骚"，本义为有小虫子叮咬马身，马不胜其扰，又别无他法，只能以尾鬃驱赶。后来屈原著《离骚》，"骚"便代表屈原内心的烦扰与忧虑，那是一种对君王失望、对朝政不满、对祖国担忧的情感，是以身许国的一腔壮志满腹豪情。这种情感震撼了历代文人的灵魂，他们便借来抒发自己的忧愁失意、怀才不遇，成了闻名遐迩的骚客。

登临绝顶，俯望山墈，真是别有洞天。平时所见的陡峭山岭，此刻"一览众山小"，小到成了一个案上的棋盘，那些山梁，就是汉界楚河边上的线条，把山谷划作一个个格子，格子里遍布着星星点点的田野和村庄，便有"闾阎扑地，钟鸣鼎食之家"的景况。我忽然想起了《天仙配》，有一种七仙女在天上俯视人间的感觉，那些原本异常熟悉的地方，即使地跨三个省，都是叫得出地名的。过去走亲戚办事情翻山越岭，动辄一天半昼，如今修了公路，有了车子，也非即刻可到。此刻打眼观之，却皆如图上之标，收入视野，尽览无遗。原来伟人的"指点江山"，并非夸张之词，大和小、高和低，都非一成不变，都是随人的位置和眼界变化的。站位高了，眼界阔了，一切便都小了，小到可以忽略不计。

我还是喜欢看山，我试图读懂某一座山，但是功力不够，无能为力。我有时想，高明的古人也难读懂，不得不发出"横看成岭侧成峰，远近高低各不同"的感慨，即便说"山之妙在峰回路转，水之妙在风起波生"，或宋之郭熙，能按四季描写山景，"春山澹冶而如笑，夏山苍翠而如滴，秋山明净而如妆，冬山惨淡而如睡"，也是挂一漏万，只能道出山之一斑。

我终于明白了，山是有思想的，山无时无刻不在思考问题。山有复杂性，有喜悦亦有痛苦，有开心亦有忧愁。山有深奥的哲理，山是读不懂的，山也无须读懂。作为极端渺小的我，只能以我的浅陋，揣摩山的心境，与山同乐，与山同忧，乃至将这渺小的生命化作一块泥土，融入山的体内，一同承受无尽之骚。

忏悔的旅程

　　闲居山乡，正在观花弄草，忽然发现，门前马路上的车辆多了起来。从车牌上看，五花八门，有远有近，出现频率高的是挂赣字牌的，多是来自省会南昌和本市九江的，挂粤、浙、闽字的也不少，偶尔也有沪、苏、鲁、豫乃至云、贵、晋、辽的。我想如今的山乡真是要刮目相看，市场经济的大潮，早就把人和物四通八达地联系起来了。

　　屈指一算，我恍然大悟，原来节气已近清明，又是一拨返乡探亲的队伍离城上路了。

　　清明节回乡探亲的潮流，兴起于20世纪末21世纪初。

　　以前清明在民间虽也是个节日，但更多的是作为节气来对待的。自从改革开放后，外出工作的人骤然增多，像我们这些"少小离家"一族，逐渐成了中老年人，父母长辈也逐渐谢世，于是每年到了清明节，便纷纷返回故乡，祭奠自己的亲人，慢慢地便形成了约定俗成的惯例。这个惯例的力量不断增大，以至国家把清明节定为法定假期。

　　其实父母健在时，游子们最上心的还是春节，"有钱没钱，回家过年"。那是因为家里有日思夜想的爹娘啊！而当父母走了，自己也"乡音无改鬓毛衰"了，渐渐地，春节的概念也就淡薄了，代之而浓烈的便是清明节。真的，人到中年后，"乡愁是一方矮矮的坟墓，我在外头，母亲在里头"，多少情感、多少牵挂、多少遗憾，每年都积得沉甸甸的，都要带回家去，寄在一堆纸钱中烧化。

于是清明到，这支队伍便也匆匆地出现在返乡的路上。

清明回乡，其实也是一次顶好的踏青活动。我的家乡远在大山深处，山里的春天总是姗姗来迟，一月二月还是天寒地冻，三月惠风吹来，满山的野花才竞相开放。这时节穿行在山野里，成片的映山红扑面而来，灿烂夺目；雪白的檵木花、桐树花漫山遍野，铺成一片银；油菜花穿插在山坡上山洼里，给山水图增添了金黄的色块。踏上山坡，花香果香沁人心脾，树叶小草脆嫩欲滴。蝴蝶起舞，蜜蜂奔忙。若见竹林，那争先恐后的春笋便纷纷映入眼帘，虽说"清明一尺，谷雨一丈"，但先出的已有人头高，调皮孩童似的刚刚露出尖尖角，嫩黄的笋尖，黑油油的笋衣，会不由自主地挑起你舌尖上的食欲来。

所以，清明回家的心情是复杂的，既有对先人的无限思念，又有对山水的尽情陶醉。难道祭奠也是一种精神盛宴？抑或是阴阳两界相聚的特别庆典？

与很多游子一样，我是十分看重清明节的。

在我的心中，清明已是一个仪式、一趟灵魂的旅程。

尽管我清楚，清明的初心，只是农事的一个节点。我们的祖先最早只是告诉人们，时令到了，是种瓜种豆的时候了。随着草木的拔节生长，随着蛙鸣的渐渐响亮，农人们的犁耙便也打破了山谷的寂静，预示着一年的忙碌从此开始。清明节那天上坟，主要也是维修祖坟，因为眼看春已深，雨水渐多，祖坟需要清沟排水、培土加固，坟旁的竹鞭灌木也要清理，以防钻进坟内侵入棺椁。这都是一些物质意义上的事情，我们家乡称之为"挂山"，或叫"摞坟"。

但我还是为它注入了宗教仪式般的隆重，作为一次儿女之于父母的忏悔，生出了至高的肃穆。

也许清明本身就该如此？因为重耳和介子推的纠结，就已经注定了清明具有沉重的含义。当晋文公眼看着绵山的大火熄灭，找到的不是活着的介子推，而是大柳树下两具被烧成焦炭的遗体时，他是不是痛心疾首地为他的傻瓜计谋后悔不已？他肯定会想起逃难路上介子推端到他面前的那碗肉汤，那是一位忠臣割下自己一块大腿肉煮熟的啊！在重耳的心里，介子推应该等同于自己的父母。遍视古今，能为之割肉的，除了父母还有何人？他于是命令全国在那一天不得烧火，与其说他是以寒食纪念老臣，不如说是以寒食来为自己忏悔。如果推而广之，也是要天下所有未尽仁义忠孝之责的子孙忏悔啊！

天下能够绝对无私付出的，唯有父母之于子女。再好的子女，对父母的奉献也会打折扣。或许这与我们儒家思想有关？比如孔子，虽有"父母在，不远游"的教谕，但也有"忠孝不能两全"的理论；孟子的所谓"三不孝"中，就有批评"家穷亲老，不为禄仕"之意，也就是说子女应赚钱侍奉年老父母，意指不能常伴父母身边。这些所谓的传统文化，经过两千年的溶解灌输，对人们的影响是很大啊！回顾我自己，我就常常自感羞惭。在青壮年时期，确实是为奔仕途而轻待了父母。每回探亲，看到疾病缠身的母亲，便也会思量要花些精力照顾，可一回到工作岗位，就又背负着沉重的压力，一头扎进了事业之中，直到下次再重复这个过程。母亲辞世之后，方才痛切地醒悟到"树欲静而风不止，子欲养而亲不待"的无奈，真是悔之晚矣！于是年年盼着清明，一次次地以清明时节的纷纷细雨，来洗涤一个不孝之子的负罪灵魂。

所以，清明的真正含义，是子女的忏悔，是孝道的弥补，是心灵的抚慰，是仁义的伸张。什么时候这个节日淡化了，说明重养轻葬的观念深入了人心，人们降低了物欲，注重了亲情，无愧于父母长辈，无悔于自己的良心。那就昭示着我们民族的文明程度、我们社会的发展水平，已经达到了新的高度。

门前的车辆还在川流不息，我知道这样的盛况还将持续好几天。清明节扫墓的习俗是"前三后四"，并不限于当天。公共假期加上双休日，也有三到五天。我的心情似乎也随着兴奋起来，在山里住得久了，自己恍惚也回归了山里。山里人其实是喜欢这样的景象的，山村人口不多，平日里尤显幽静，生活平淡无奇，波澜不惊，难得有这么几天热闹日子，可以一扫单调枯燥的乏味心情。或与亲友相聚，把酒言欢；或爬山越岭，疾走徐行。与先人沟通心灵，与山水共遣情怀，接春色于天地，揽花草于襟怀。长居山里的人，对清明节别有一番心境，就像在家中长期伺候老人的儿女，其孝道具有更加深刻的表达。

几声喇叭，又把我的思绪从键盘上带向了窗外，窗外的树木已然绽开新叶，翠绿欲滴，山坡上满是野花，姹紫嫣红。竹林里的春笋正在拔节生长，远处有鸟儿在歌唱，不断向人们唱出"布谷""滴水快""割麦栽禾"的歌词。我琢磨着，明天也要与家人一起，带上香纸祭品，到祖坟上挂山去。

妞妞原是一只流浪狗，是一年前博涵爸爸捡来的。博涵奶奶早就去世了，博涵一家搬到了县城，爷爷不愿跟去，就一人住在老家，博涵他们只有节假日才回来看看，所以博涵爸爸特意把妞妞带回家，好和爷爷做个伴。

妞妞是只宠物狗，学名叫博美犬，有着一个上翘的鼻子、一双挺拔的小耳朵，还有一对机警而善解人意的黑眼睛，挺可爱的。它对博涵爷爷唯命是从，整天跟在爷爷身边，爷爷若不让它跟，就喝叫一声："妞妞，回去！"它立马转身，扭着屁股跑回家去。所以爷爷非常喜欢它，博涵更是疼爱得不得了。

这一天，妞妞突然不见了，叫人怎不着急？博涵的情绪立马传给了所有小伙伴，大伙儿都急吼吼的，满世界乱找，可从早晨找到中午，都没有妞妞的踪影。

吃午饭的时候，昊子、颖子都闷闷不乐。"博涵姐姐都哭了，"昊子像煞有介事地说，"下午我们还要去找。"

这一天是孩子们很特别的一天，他们想玩耍，又要帮博涵找妞妞，心里很矛盾，玩也玩得不痛快。看到他们一个个变成了小大人，那股认真严肃的样子，我顿生感慨。童心纯正，在他们的心里，既有对小狗这一小生命的怜爱，又充满了对小伙伴的深厚友情。我多么希望他们长大以后，能一直保持这份纯正，也憧憬着将来的社会，能够为他们提供一个纯正的良好环境啊。

傍晚，妞妞终于找到了。原来博涵爷爷早起怕农具房漏雨，便去察看，妞妞跟了过去，爷爷却没有发现，走时就把妞妞关在里面。找了一天，博涵爷爷才猛然想起这一事。于是博涵破涕为笑了，小伙伴们又恢复到无忧无虑了。

练　车

　　天晴了，孩子们最兴奋的还是户外活动，什么跳绳啦、丢手绢啦、老鹰抓小鸡啦，等等，常常是一头大汗，一身泥土，与大自然亲近。家门前有一口小鱼塘，鱼塘的一边是一块菜地，菜地里种了一行玉米、一行豆角。玉米秆子齐腰处，结了一个个鼓鼓的玉米球，球尖上飘着黄色的、棕色的须；豆角架上，挂满了长长的豆角。地的另一边，有一条小水沟，水从很深的山里流来，又流向门前的一大片稻田，无声无息，终年不断。昊子和颖子、博涵，还有从深圳回来的一对小双胞胎辛愉辛悦一起，经常在那里玩耍，有时在水沟边的草丛里捉青蛙，有时用花纸折成小船，丢进水沟里漂流，玩得聚精会神，一股子劲儿。

　　山里的气候很特别，中午的太阳晒得脱皮，傍晚时分，太阳一落到黄龙山背后，地场上顿时凉快了。孩子们便纷纷推出小自行车，开始了他们最过瘾的活动。昊子以前虽然会骑，但车技一般。这几天，他是骑得特别起劲的一个，不仅练快骑、练转弯、练过狭窄路段，还参加比赛，果然技术突飞猛进，很快就熟练多了，还能用一只手扶龙头呢！当然，他也付出了代价。一次，刚骑出去不久，他就哭哭啼啼的被人扶着回来了，双手双脚都磨破了皮。我连忙边帮他擦洗上药，边问他是怎么回事。他说不是他不小心，要怪一只鸡。原来他骑到邻居门前时，一只母鸡跑到了路中间，昊子只好避让，可那只鸡见有车来了，也急坏了，只管往前跑，就是不跑到边上去。昊子生怕压到它，左让右让，结果车轮打横，把他颠翻在地。

听了他的叙述，我很是感动，心想一个不到七岁的小孩，就有如此爱心，宁可自己跌倒，也不忍压到一只鸡，这是多么值得赞誉的精神啊！古人说，人之初，性本善，幼儿的心灵大抵都是纯洁的，随着年龄的增长，才会受到各种污染，变得鬼祟怪道。这对成年人、对社会，不是提出了天大的警醒吗？

我真的很喜欢看孩子们玩耍，哪怕是打闹。因为他们无所畏惧，无所顾忌，一片纯净，一片真诚。我这颗寒戚的心，仿佛从他们的欢笑声里，得到了些许慰藉些许温暖。

雨水三题

咏　雨

　　今年的雨水特别多，从三月中旬起，雨就下个没完没了，江南许多河流都在暴涨，不少地方已发出抗洪救灾应急响应，看来形势不容乐观。

　　我因退休赋闲在家，不需要像以往那样做冲锋陷阵的准备，便按计划回到了山里老家。

　　山里也在不停地下雨。

　　山里的雨与外面不同。倾盆之下，稻田里便鼓起无数的泡泡，继而是无数大大小小的玻璃般剔透的水杯盏，别有风味。屋檐的雨水瞬间汇聚成溪流，顺着水沟欢快地向小河里奔去。小河的水面变阔了，水流湍急了，翻着个儿朝山外奔去。恍而，老天似乎下累了，要歇口气，雨小了，门前的水泥地场上，撒芝麻似的满是点点水花。园子里的蔬菜，经受了雨水的沐浴，叶儿更加嫩绿，瓜果更加嫩青，真个是青翠欲滴。村西头的荷塘里，宽大的荷叶不断承接着小水珠，那些晶莹的珠子，恍惚正在荷叶上起舞弄影，婀娜多姿；也有的似在注目凝思，静若处子。点缀在荷叶间的朵朵莲花，被雨水冲洗过后，愈发娇媚妖艳，令人顿生爱怜。

原生态的山里是不怕下雨的。那些动辄引发泥石流、山体滑坡的山，一定是惨遭人为破坏的山。

我老家的山，是在幕阜山脉的深处，重重山峦相连，逶迤数百里。山中虽没有原始森林，但那浩瀚林海、参天大树、遍野灌木，深层腐殖，早已把黄土沙石锁紧固牢。尽管春夏大雨滂沱，它都默默地兼收并蓄，有多少都欢迎，实在接受不了的，也是清凌凌的无污无杂地送出山外。这样的山，同时又是一座座水库，连成一片大海，隐藏在地下。待到秋冬干旱之时，它便涌出涓涓细流，滋润草木，灌溉农田，给人们创造取之不尽用之不竭的宝贵财富。

真正的山里人是不怕下雨不怕干旱的，因为他们是真正的大山的儿女，大山是他们旱涝保收的坚强屏障。

雨多了，下在平川是灾难，下在山里，便是一道风景。

煮　茶

雨总在下，淅淅沥沥，时紧时慢，就像听燕守平操琴，一会儿是《小开门》，一会儿又是《夜深沉》，把人的心情吊得忽高忽低，如醉如痴。

雨中的山乡，最惬意的事，莫过于饮茶。茅舍小窗下，摆一张茶桌，独自一人，一壶一盏，任由夏雨打湿心灵，管自感叹着天地的造化，品尝着人生的滋味。

山里的茶，是那种自采自制的野茶，叶大茎粗，汤浓味甘，一如山里的谷酒，又如山里人的脾气，来得爽快，来得热乎。

　　最值得称道的还是山里的水。每天清早，五哥便骑着摩托车，到离村子约二里地的古井里打水。那口古井很特别，开在山脉尽头，井旁木竹丛生，绿荫蔽日。井不很深，二三米，井水清澈见底，映月如盘。这口井年代久远，井沿的石块已被磨得凹陷不平，沧桑毕显，只可惜已被翻修一新，井上的一点文化遂告湮灭。村民们对这口井非常敬仰，传说有泉神显灵。每当村里老人亡故，都要先从井里取水做道场，那是要在井边三拜九叩的。这井里的水真是甜美，沏出茶来汤色透亮，入口柔和，每天饮用，舒心畅气，沁人心脾，胜却什么矿泉水纯净水不知多少倍！

　　夏日里，听着雨打石阶，煮热一壶好茶，慢慢地享受着每一寸光阴，想无数往事，便都一笑淡然了。

观　水

　　雨后的下午，水泥铺就的地场上洁净如洗。天空仍被云层覆盖着，挡住了炽热的太阳，加之凉风轻拂，空气中充满了清爽。我提了一把松木椅子，端一壶白茶，独自坐于桂花树下，享受着难得的清净。

　　一抬头，便见到了那道银色的瀑布，远远地挂在黄龙山麓，甚为壮观。

　　我每见到这道瀑布，心里便会泛起一阵亲切的热潮，因为它是七百里修水的源头，是滋养抚育我的生命源泉。

都说修水河是条美丽的河，我看最美之处还是她的源头。黄龙山上的溪流，观之清澈，饮之甘甜，经年累月，是那么欢快地穿过沟壑，告别绿野，奔向山下。若从山下远眺，便有这道靓丽的瀑布，从山腰挂下，旱时如银线，雨后似匹练，漂亮极了。我想当年太白诗仙要是到了这里，恐怕出名的那首就不是《望庐山瀑布》了。那水流到了山下，便成了山坳里的一条小河，沿着山脚，不紧不慢，蜿蜒弯曲而行。最难得的是清凌凌的河水，那么透彻那么明亮。河床里沙石铺就，两边水草茂密，鱼虾戏逐，龟鳖出没。就是大雨过后，也见不到混浊，但见清波碧浪，滚滚向前。难怪人们都说黄龙山下出美女，不是自夸，这里的姑娘也真的个个长得如花似玉，楚楚动人，这里有这么好的风水涵养，养育出的子孙后代，不美丽都不行！每每流连河边，我总是对故乡人民保护生态所做出的不懈努力充满了敬意。

　　在海拔1500多米的山顶上，曾经有过一口池塘，现在被填平了。我去年爬山爬到那里时，还见地上长着一片小草，虽是深秋，草却仍泛着绿色，说明地下有泉水养育。近山顶的那座水井，名曰"龙湫池"，终年水齐井口，任人舀取，不浅不溢。就是从那里汩出的微微源泉，汇聚了众多细流，过山越岭，奔腾而下，形成了浩浩荡荡的水系，注入我国第一大淡水湖——鄱阳湖。

　　这就是大自然的造化，只要没有人为的破坏，山总是存水，水汇成江河，江河入海，海纳百川，然后又升腾为气，气聚为云，云降雨雪，滋润山川。人们为什么要对大自然有所敬畏？这样的自然规律，这样的天恩赐予，谁敢妄加践踏？

卷

二

Volume Two

把 酒

在奉乡喝酒，一不小心就是豪饮。

上了年纪，我喝酒就有所顾忌了，逐渐在控制酒量，一般不会喝醉，顶多也就喝个七八分收手。可是那天硬是没有控制住，有点喝高了。原因有二：一是那酒好喝，是修水有名的"上奉米酒"，又甜又浓，入口好极了；二是需要压惊，当天在拜谒大板尖下山的路上，我们乘坐的那辆火石村朋友的爱车，被一辆载客的"昌河"车拱了一下屁股，差点葬身山崖。回来后几个人都心有余悸，口干舌燥，端起酒杯便是庆幸劫后余生，一饮而尽。

我曾经与外地朋友多次说过，到江西喝米酒千万要小心。江西多好酒，尤以米酒为甚。全省百多个县市区，几乎都有自产米酒品牌，你看，井冈山的叫"红军可乐"，九江的叫"蜜沉沉"，赣南的叫"酒娘"，南昌的叫"封缸"。上奉米酒自然名列其中，而且尤为香浓，尤其容易迷惑人。江西米酒又称老酒，初喝像糖水，几无酒味，少喝无妨，民间还将其作为一种营养饮料，比如产后发奶，比如做中药引子等等。可要是喝多了，那酒劲就非白酒黄酒啤酒能比的了，它会让你三天三夜醒不过来，七天之内走路打晃。很多饮酒高手都是轻"敌"纵情，酒后进医院打吊针抢救，才知道它的厉害。

当然那天我的纵酒，主要原因还不是这些，而是想表达一种心意，什么心意呢？是敬意，也是歉意，抑或是可惜之意、期待之意，总之是兼而有之吧。我跟同伴说，我们来到奉乡，来到何市镇，不能不肃然起敬，不能不拜谒先贤。人是要有敬畏之心的，《易经》讲"天地之大德曰生"，孔子说"君子有三畏：畏天命，畏大人，畏圣人之言。小人不知天命而不畏也"，《尚书·舜典》记"月正元日，舜格于文祖"，《论语·学而》载"慎终追远，民德归厚矣"。说实在的，我真的是孤陋寡闻，正如汪玉奇先生自谦的，一句"一寸光阴一寸金"这么广为流传的话，直到年过古稀才发现是他的乡贤王贞白的诗句。我有一次写了一首纪念苏东坡贬居儋州的小诗，有诗友谈及"牛栏西"，我竟一时茫然，回到家中赶忙翻书，方知那三首《被酒独行，遍至子云、威、徽、先觉四黎之舍》早忘到九霄云外去了，真真愧煞人也。那次去何市，原本也是应友人之邀，去爬一座山峰——说得不好听，是健身去的。谁知一进奉乡，就如同掉进了一座宝窟，顿时被那里厚重的历史文化震惊，也为自己以前对这个家门口的地方缺少关注而自惭形秽。我们对历史，对先贤，对文化，对宗教，都太缺乏敬畏之心了！

奉乡地处修水县何市镇，又称奉仙乡。我惊奇于那个"仙"字，因为我知道修水以前叫分宁，也曾设州，叫宁州，清朝后期还因为打击太平天国残军有功，被朝廷封为"义宁州"。全域划分为"高、崇、奉、武、仁、西、安、泰"八乡，都是单字，加一"仙"字必有含义。到得吴仙里，才知此地确是仙乡，说是神仙圣地毫不为过。

奉仙之仙，首推吴猛。吴猛真的非等闲之辈，《二十四孝》

中的《恣蚊饱血》，说的就是吴猛的故事。我以为中国传统文化中，确有精华、糟粕之分，所谓传承，一定要取其精华去其糟粕。《二十四孝》中有两孝出自修水，黄庭坚的《涤亲溺器》就值得大力宣扬，发扬光大；而吴猛的《恣蚊饱血》就有点不可思议。脱光衣服让蚊子叮咬，能不能办到是个问题；他让蚊子咬了是不是就没有蚊子咬他父亲了也未可知。当然作为一个八岁的小孩，能有这样的孝心也难能可贵。相比之下，有些就真的难以置信了，如《卧冰求鲤》《哭竹生笋》，明摆着就是封建迷信；而《孝感动天》《埋儿奉母》则更是愚昧至极的行为。封建社会鼓吹愚孝，目的是要人们愚忠，搞上智下愚一套，好让皇帝老儿踏踏实实安坐龙廷。现在还要宣扬就太不合时宜了。

吴猛的伟大，当然远不在这一件事情上，他是把他的孝心变成了孝道，史书上讲他四十岁时"得至人丁义神方。继师南海太守鲍靓，复得秘法。吴黄龙（230）中，得白云符，遂以道术大行于吴晋之间"。那么四十岁之前他干了些什么？据《搜神后记》《老氏圣纪》载，他是晋西安（即今修水、武宁一带）县令干庆的幕僚，职位为"舍人"。我想吴猛所处时期为三国至西晋时期，那时还没有科举，选拔官员实行的是九品中正制，盛行"举孝廉"。他那"恣蚊饱血"的大孝行为，应是感动了地方的九品中正官，便被举荐入仕，当上了地方官。偏偏吴猛志不在当官，而是崇尚老庄，专心研究道家学说，他把儒、道两家思想糅合，主张"欲修仙道，先修人道"，"非忠非孝，人且不可为，况于仙乎"。因此他在斩蛟治水、炼丹除疫、治病救人的活动中，大力宣扬伦理道德，教化民众忠君尽孝。晚年又收南昌许逊为徒，把他的所有秘术尽传于许逊，后又转拜许逊为师。二人在互相切磋、共同研习的过程中，逐步形成了明忠净孝的思想。

孝文化的起源，可以追溯到三千多年前，早在商周时期，祖先崇拜就已压倒夏以来的鬼神崇拜，成为社会主流，邹鲁之风其实就是忠孝之风，孔子所竭力奔走呼号的"克己复礼"，也就是要复忠孝之礼。不能不说，孝文化的力量是异常强大的，以孝为核心的家风家训，巩固了家族；家族的代代传承，结成了宗族；宗族通过联姻接亲的关系，推而广之，便形成了民族。家族、宗族、民族，有了孝文化这根纽带相连，就能日趋强盛，牢不可破，就能自立于世界民族之林。我行走在吴仙里，也就是今天的何市镇火石村，所到之处，无不感受到孝文化的浓厚氛围。

中国孝文化中，以"事母至孝"一类的故事居多，这是母性的特点所决定的。一般情况下，养育子女都是"严父慈母"型，相对父亲而言，母亲更加温柔和顺，其教育方式更易为子女接受。封建社会女性在家庭中的地位偏低，所受苦难最多，生活最为艰辛，遇到大的挫折更加无助，因而更为子女怜爱。你看，古代神话有《宝莲灯》沉香劈山救母，佛教有目连救母，包公戏里的《打龙袍》，讲的便是宋仁宗接母孝母的故事。其实包拯自己就是一个孝子，他中进士后被朝廷安排在建昌（今江西永修）任县令，就是因为他母亲年迈体弱，他要尽心侍奉不离左右，便毫不犹豫地辞去了颇有诱惑力的官职。直到父母双亡，又完成丁忧三年的使命，前后历时十年，才再次出去做官，"故以孝闻于乡里"。类似典故不胜枚举，即便当代社会，带着病弱母亲出去求学务工的儿女，也时有出现，其中突出的还被评为了感动中国的年度人物，受到央视等媒体的宣传表彰。

离神山十余公里的地方，便是大板尖。大板尖为逍遥山主峰，高998米，雄奇险峻，神似玉板，故而得名。人们常说有一种天人感应，我深以为然，因为很多巧合都无法解释。要不为何就叫逍遥山？是先有山名还是先有道观？反正既为"逍遥"，自有神仙居住。果然这山很不寻常，它发自幕阜、九岭山脉，东西走向，迂回百里。除大板尖外，沿途还有东浒寨、仙姑岭、陶姚尖、龙崖石窟等山峰，形态各异，别具特色，都是道家修行炼丹场所。更有极为珍贵的山背文化遗址，令人向往。山背遗址为东南地区罕见的有代表性的新石器时代晚期文化遗存，与江汉平原的屈家岭、浙江良渚、岭南石峡一起被归为中国东南三种新石器晚期文化，在考古学上具有重大意义。可惜自从20世纪60年代被考古发掘，80年代被命名为省级文物保护单位后，至今没有继续挖掘，也没有作为文化旅游景点开发，不知何时才能重见天日。

登大板尖并非易事，可说是险象环生，艰辛备至。由于缺乏修缮，那条盘山公路至今还是沙土路，天晴尘土蔽日，下雨泥泞难行，且又是路陡弯急，不熟悉路况的车辆上下山很不安全，一不小心就会掉下万丈深渊。为防远道而来的车辆出事，当地加强了管理，组织了一批小面包车专营香客运输，但还是有胆大的外地司机自行上下，交通事故在所难免。乘车上山之后，还有一段数百米的人行道，甚为陡峭，均是石板台阶，需拾级而上。我注意观察了一下，真是人来人往，不绝于途。与我走在一起的是一个老汉，手提一只竹篮，装着一篮香纸爆竹，还有一包功德钱。我问他从哪里来，来求什么。他说他是湖北通山人，专为求子而来。我问他高寿，他说六十有五。我不禁愕然，心想这么远道而来，又是年逾花甲之人，还求什么子？他也尴尬地笑了，说他是求孙子。他仅有的一个儿子结婚多年，至今没有生育，他和老伴心急火燎，他知道"不孝有三，无后为大"，自己年纪大了，要是见不到孙子，死后怎么面见祖宗？他早就听说来大板尖求子最灵验，便上山来向赵、白二仙求个孙子。看到这个身材矮小、一脸忠厚的老者，我心里不觉受到了触动，真心为他祈祷，希望他这次能够求到一个孙子，以满足一个老人对祖上的一份孝心。

　　站在山头望去，古奉乡尽收眼底。崇山峻岭簇拥之下，八卦地形清晰可见，乾坤艮巽各处其位，丹霞仙观居中镇守。山梁左右都是肥土良田，正是孟秋时节，水稻已是颗粒饱满，在绿野之间铺开片片金黄，间或有白墙黛瓦点缀其间，酷似凡·高笔下的油画，美不胜收。原来的道教圣地，受千年孝文化滋养，果然非同凡响。就在这幅画里，曾孕育出许多杰出人才，他们源源不断地走出大山，走向天地间的博弈场。北宋徐禧，松林村人，少时饱读诗书，喜好旅游，却厌倦考试，不事科举，熙宁时王安石变法，推行新法，他来了兴致，以《治策》二十四篇陈朝廷，立即得到王安石、吕惠卿的重视，竟然打破常规，以布衣之身入仕，任经义局检讨，此后一路擢升，官至御史中丞左迁给事中。后为鄜延路经略安抚使沈括（就是那个写《梦溪笔谈》的历史名人）邀请，到西北边境建永乐城，并率军守城。在与西夏军队的鏖战中，因寡不敌众而全军覆没，他自己以身殉职。徐禧儿子徐俯，历任谏议大夫、翰林院学士、端明殿学士等职。为人刚直忠勇，颇有才华，受舅父黄庭坚的影响，诗词出众，风格平易自然，名列江西诗派诗人。火石村的祝彬，自幼孜孜不懈、超悟拔群，以《诗经》考中进士，擢抚州路崇仁县丞，曾主持湖广、江西两届乡试，元至顺时，升任翰林院文学徵仕郎，同知制诰兼国史编修官。徐禧、祝彬均列入修水"八贤祠"，修水是个大县，八贤之中，一个乡就占了两个，足见风水之盛，底蕴之厚，实属罕见。

不知从何时起，文人在一起聚会饮酒的时候，形成了一个习惯：酒过三巡，菜过五味，便开始了吟诗唱和，或长诵或短吟，或新诗或旧词，抑或歌曲戏剧，不拘一格。一人吟罢，众皆举杯畅饮，我对此甚为赞赏。中国的所谓"酒文化"，一般都是俗气的，豪饮之后，便借酒交际，或以酒充能。要么是喝喝叫叫，匪气十足，要么猜拳行令，你输我赢，都是些市井浅薄之气，毫无文化含量。而吟诗唱和就不一样，有此雅兴，就得有个良好的心境，真正能够不为名利所累，不搞阿谀奉承一套，只管"人生得意须尽欢，莫使金樽空对月"。你看太白饮酒，就会"与君歌一曲，请君为我倾耳听"，何等惬意！当然还得肚子里有货，倒得出诗词歌赋来。总之，多了此等高雅之事，就提高了酒席的档次，甚而提高了城市的文化水准，何乐而不为？每每出席这种活动，我都兴致盎然，恍惚穿越到了唐宋，与李杜苏黄们同乐，岂不快哉！那天告别奉仙时，我们几个雅兴又起，都说在这样的文化重地，不能不一吐胸襟为快。我突然想起了一首诗，其中一句是：烹茶可供西天佛，把酒能邀北海仙。"奉仙，奉仙"，我在口中念叨着，等到那坛上奉米酒上来时，我提议，这第一碗酒，就先敬这里的各位先贤，以表达后学们对他们的敬意、歉意，还有对这方宝地的可惜之意、期待之意……

敬酒之后，便是饮酒吟唱，奇怪得很，几人所选的诗赋，竟然都是善、孝一类的内容。

茶　味

　　回山里老家休养，因习惯了喝工夫茶，便带去了茶具茶叶，还特地购置了一套茶桌茶椅，非洲花梨，宋式风格，想在山里人眼里，恐怕也是新鲜玩意儿吧。

　　我的茶室是在楼上，村里人来玩，一般只在楼下站一会儿或坐一下，喝一杯家乡的"修水茶"。修水茶非常独特，绝无仅有，以绿茶为主料，加上腌菊花、炒芝麻、炒黄豆，喝完茶水后又吃尽底料。精湛些的还会加进腌制的桂花、炒花生米、干花椒等。茶一端出，便有异香扑鼻而来，满室生辉。那一口"特制小吃"，真的是别有风味，妙不可言，外地人是想都想不到的。我至今不知道这种独特的"茶艺"源于何时，也许来自远古，因为这里地处幕阜山脉深处，是老祖宗伏羲、神农的涉足之地，他们曾在这里推八卦、尝百草，其中研究出一种有食疗功能的茶饮也是极有可能的。你看，茶叶清心，菊花明目，花椒祛湿，芝麻、黄豆补气益肾，都是保健品。难怪修水美女多、寿星多了。

　　我想山里的人们喝惯了修水茶，肯定不会喝工夫茶的。记得以前亲戚进城，我请他们喝咖啡，都说有一股煳味，就像喝烧米汤，难喝死了。烧米汤是山里人治疗气滞胃胀的土方子，把大米用黑布包了，用火钳夹着，放火炉里翻滚烧焦，然后泡水喝下，非常见效。不料我的想法大错特错。几天后，我试着邀几个年轻人上楼喝茶，才发现他们对茶道熟悉得很，不仅能喝，而且喝得出不同茶种的特色，还有各自的偏爱。比如飞就说铁观音味道好，喝过后口里有回味；兵就认为红茶色亮味淡，特别是修水的宁红，有一股清香，比浓烈些的金骏眉要强些；而革却坚持说只有普洱最棒，那琥珀色的茶汤，那入口的甘甜，没的说，还说普洱温胃暖胃，降压降脂，好处多着呢！我感叹于如今的社会发展，城乡区别几乎没有了，山里的变化真是神速。特别是如今的年轻人，走南闯北与时俱进，不比城里人差。好在我各种茶都带了些，轮换着泡，也就各得其所了。令我惊奇的还有缘，他有一手高超的泡茶技巧，使用茶具有条不紊，得心应手，反令我目瞪口呆，暗暗称奇。飞说缘的家里也有茶室的，还藏了点好料呢。缘于是说，就是不好意思请我，如能光临他家，不胜荣幸。我也说哪天一定登门拜访，只是一推再推，终是没有去成。

喝茶是要讲究茶友的。独饮当然也有独饮的风景，但多数时候还是"二三子"共饮为佳。在城里，是与文友相约，"客来正月九，庭迸鹅黄柳。对坐细论文，烹茶香胜酒"。回到山里，又是一番气象，"半壁山房待明月，一盏清茗酬知音"。一壶茶，一点佐茶果品，无非是花生蚕豆土产土货，一顿瞎聊，天扯地扯，那真是天地人三不管，绝对自由。尤其是我们这些在城里待久了的山里人，耳闻亲切动听的乡音，眼观窗外山水田园景色，脑无繁杂，心无挂碍，不就是神仙日子吗？

我的几个山里茶友中，缘是来得较多的。

缘是个憨厚人，虎头圆脸，左边发际上有一大块伤疤，用长头发巧妙地遮盖住，说是小时候不慎跌进火炉，差点烧死。他性格温和，待人谦恭，一张笑脸极具亲和力。喝茶时他的话不多，总是一边听人侃大山，一边咂巴着嘴唇，真像在琢磨岁月，品味人生，看得出是个有着不凡经历的人。他原本是个木匠，做得一手好木工活，脱师不久，他接的活计就超过了师傅，一年到头不得空，赚钱是农村顶尖的角色。忽然有一天，他坐不住了，他发现山乡维持了多少年的经济格局，突然被打破了。过去做艺匠最赚钱，可如今苦干一年，也抵不了外出打工两三个月挣得的钱。眼看着人们春天出去，冬天一到，那票子就雪片似的飞进了山。多少穷人开始了"三大事"的实施：买地盖房，从破旧的屋子搬进了两三层的平顶房；娶媳妇办酒席，礼金成千上万地往上涨；为祖宗八辈做道场，讲究九张字十三张字，花费都是以万计算。人们都在热情洋溢地追逐这些，把年轻人一个个都赶出山去。于是缘不干了，他要审时度势，赶上潮流。不过他没有去南方沿海城市，而是到了省城南昌，选择了装修行当。他发现城里的变化更惊人，政府卖地，城里人买房，后来农村人也进城里买房，都在不顾一切拼了老命。他想这装修的市场多大啊！他要凭自己的一技之长，打出一片天地。

缘很机灵。在装修界混了几年后，他突然来了个华丽转身，搞上了医疗器械买卖。他说装修越来越不好做了，利润低不说，城里人的眼界越来越高，挑剔得很，不好伺候。可买卖医疗器械的生意干了不久，他又退出来了，还是捡起了老行当，只不过这回他是"杀"回了老家，注册了一个公司，经营范围一大串，农工商贸一应俱全。既搞装修，也搞贸易，还在家乡投资承包了几千亩田地，用来种植药材。喝茶时，我对他说，你也算是黄龙山下一个不小的老板了。

缘摇了摇头，淡然一笑。我感觉这笑意十分复杂，内中有诡异，也有无奈，还带了几分气愤。我连忙换了个话题，说这年头做什么都难啊。他喝了盏茶，使劲儿咽了下去，好像是咽下了一杯苦酒。许久，他才轻轻地叹了口气，说别的难我都不怕，就是跑关系伤脑筋。他说除了小打小闹的家装外，无论干哪一行，要接到一桩业务，要么参加招投标，要么要审批。招投标以前是定向的，甲方把特殊条件一设定，不是预先内定的对象，即使再有本事也中不了标。后来国家不准设特殊条件了，又产生了围标，围标也是有讲究的，经常花了许多钱却围不到。我问，现在好些了吗？他又露出一丝苦笑，低了头，闷喝一盏，然后岔开我的话头，只说了句："水太深了，没哪里有例外的！"我于是想起了百姓看病难看病贵的老话题。记得我的一个亲戚，名牌大学毕业，想靠本事吃饭，去投资开了个公司，专营洗衣设备，心想这个领域应是公平竞争的，凭产品质量和售后服务取胜是没问题的。不想一上手就傻眼了，他成了"唐僧肉"，谁都要咬一口。虽说能赚些钱，可那种低头求人的屈辱他实在受不了，几年之后，他洗手不干了，考了个事业单位，工资不高，却能抬头挺胸过日子。

　　我陷入了困境，心想这叫什么事？社会上没有了有效的规矩，而且有的人有恃无恐阳奉阴违。这样的人无处不有！

　　缘就是这样，生活把他逼出了山，又把他逼了回来。回来也一样，还是要有关系，要靠打点，要低头弯腰，要见人矮三分。难怪有人说进入商场，能改变性情，再刚烈的性子也会变得柔弱圆滑。就像进了精神病院的患者，出来后没有不孱弱的。我抬头望向对面的山林，但见那些参天大树，都以其巨大的树冠，霸气地挺立着，奢侈地享受着阳光雨露，而那些小树小草，就只能在夹缝中艰难地求生存了，是那么可怜兮兮、弱不禁风，多数都是遭受夭折的命运。

我邀缘常来喝茶，不必见外。许是谈得来的缘故，缘只要一放下手头的事儿，也会时常过来。我们一同品着茶味，各自想着心事，有一搭没一搭地闲扯着。我总觉得那茶喝时少了甘甜，多了苦涩，待到喝后细品，又品出了一丝香味儿，好像是希望，是寄托。缘会吸烟，可从不在我茶室点燃。我多次叫他尽管吸，我不介意，他只是笑笑，有时实在烟瘾来了，就借故出去，匆匆吸一支再进来。久而久之，我对缘的好感与日俱增，这里面有敬佩，有同情，甚至有深深的怜悯。每当闭上眼睛，总觉得在哪里都能见到这张脸：宽厚、慈善、负重、伤痕累累，却又透出坚毅、沉稳、倔强……

五　哥

　　我妻子有五个哥哥，老大老二都已作古，老四早在"三年困难时期"就送给了别人，老三也年过古稀，跟他儿子生活，所以国庆回乡休假，我们就住在老五家里。

　　其实多年来，我们每次省亲，也都是在五哥家落脚，这已成了习惯。

　　五哥早就为我做了准备。他知道我喜好练字喝茶，就把二楼客厅腾空，在靠山墙处放上一张八仙桌代书案，南窗下则摆了一套茶桌茶具，还特意为我的卧室装上电视、空调，让我既有山乡大自然的享受，又不失城市现代生活的舒适。而我却分明感到，自己这条历经风吹浪打千疮百孔的破船，确实躲进了一个温馨的港湾。

　　五哥身材不高，略显消瘦，许是长期为生活所压，身板已不硬实，走起路来有些前倾，步伐沉重。他见人总是一副笑容，眼里淌着慈善，嘴角挂着憨厚，右边露出一颗虎牙，更给人以亲切实诚的印象。他的话不多，一天到晚默默干活，再苦再累也是笑容可掬，若是劝他歇一下，别太累了，他就重复一个字："现。"（幕阜山方言，意思是没关系。）

　　五哥早年当过生产队队长，可是没当多久，就遇到了农村改革，联产承包，分田到户。分田是个难题，谁都想要塅中间的肥田，他就让别人先挑，自己留在最后，结果他得到的全是山脚下的瘦田。家人很是生气，埋怨指责不止，五嫂还大哭一场。须知田是农民的命啊，肥田瘦田的收成那是天壤之别啊！可他只蹦出一个字："现。"

后来兄弟分家，其他几个对如何赡养父母老人意见有分歧，提出了不少困难，五哥就说他来养，叫父母和一个卧病在床的奶奶都跟他生活。旁人都说他负担太重了，他还是一个字："现。"说得多了，他就加一句："一个崽也要敬爷咯！"这让许多乡邻深受感动。

那年头日子真的过得太艰难，五哥三个孩子嗷嗷待哺，加上三个老人，一家八口，全靠他夫妻两个锄山挖石，有时真的穷得连锅都揭不开了。屋漏偏逢连夜雨，在那十多年里，三个老人接连重病，五哥夫妻熬药端水，床前伺候，十几年如一日，从无怨言。三个老人都是长期卧床不起，离世之时，身上竟没见一个褥疮，可见护理得多么周到细致。那时虽然我们也不富裕，但我说一定要设法帮五哥一把，节衣缩食也要支持他渡过难关。后来每每念及，我总是感慨万分，也甚是羞愧，我们的支持实在太少，即便再多，与五哥夫妻比起来，也是微不足道啊！

我回望历史，从《二十四孝》中汉文帝的《亲尝汤药》、黄庭坚的《涤亲溺器》，到林则徐的"不孝父母，奉神无益"的箴言，中华民族的基因里，原来一直在灌注着这一传统文化，也正是这样的基因，才支撑起民族的脊梁。

我仰望群山，注视流水，不禁要问：世上究竟什么人是真伟大？是那些舍身英雄、御敌豪杰，抑或开国领袖、先觉导师？都是，但切莫忘了，还有多少不为人知的草民百姓，在默默无闻地尽忠尽孝，干着感天动地的举动，他们也是伟人。

俗话说，人生就像走路，越过一座山总有一段平路。五哥夫妻艰苦了十几二十年，陆续送走三位老人后，儿女们也长大了，苦日子终于熬到头了。儿女们很争气，都在拼命谋生。这时五哥又有想法了，他要帮儿女们带小孩。他说孩子们也不容易，趁我们身体还好，能帮一点就帮一点吧。于是刚走出养老的困境，又挑起了抚幼的重担。他们的日子还是那么忙碌，他们勤俭的本性还是没有改变。他们夫妻俩要让孙辈们成长得更好，于是大量养鸡鸭种稻菽，给孩子们提供生态环保的食品。又是一个十几年，他们先后带养了五个孙子辈，如今大的考上了大学，小的也进了幼儿园。不知怎的，我每次看到那些孩子对五哥五嫂的亲近劲儿，总有一种酸楚涌上心头。

五哥真是个木讷之人，不善言辞，不喜表达，按幕阜山人的说法，叫"捏起鼻子哇不出三句话来"。我来了后，他整天就是在做事，很少和我交谈。遇到亲友来陪我喝茶饮酒，大家眉飞色舞谈笑风生，他便在一旁静静地听着，眯起眼，抿着嘴，脸上露出微微的笑意。

如果不是还有琐事缠身，我真的还想在五哥家里多住些日子，因为这里不仅有优美的风景、优良的生态、悠闲的生活，更有一个和谐安逸的家。与忠厚豁达的五哥在一起，我的心境更平淡了，几十年尘世侵入我心里的污浊，竟也逐渐被清洗掉了。

敬　神

五嫂有个习惯，再忙也要敬神。

这里说的敬神，是指山里人生活中的一种仪式。为表达对长辈的孝敬，往往在家中的厅堂上，置一条案，名曰"神台"，摆上已逝先人的牌位，后来又与时俱进，牌位改成了瓷板照片。神台前端有烧香的香炉，地上还有烧纸钱的盆子。这种摆设，在幕阜山区，几乎成了惯例，家家均不例外。

每餐开饭前，菜一上桌，五嫂就先用一个海碗，盛了满满一碗米饭，夹上最好的菜肴，再在中间插上筷子，双手捧着，恭恭敬敬地端到厅堂的神台前，对着祖宗牌位和几块瓷板遗像，弯腰鞠上三个躬。逢上年节，她还会闭目颔首，念念有词，大都是祈祷祖先保佑风调雨顺、阖家平安。有时在厨房里转晕了，一上桌端起饭碗，菜都送到了嘴边上，猛然想起还没敬神，口里连说"罪过罪过"，忙又把菜夹回菜盘里，起身换了大碗，旋即虔诚而行。

有时我们也笑着说，隔个一两餐不敬也不要紧的。她便正色道："那怎么行？娭㞞（她随丈夫对婆婆的称呼）生前交代过我的，一餐都不能隔的。"她婆婆也就是我的岳母娘，生于穷困年代，到死都愁着没饭吃。她曾对五嫂说过，说家里以后生活好

106

了，你要让我多闻闻好饭好菜的味道。这当然是打趣的话，既有对贫困生活的无奈，又有对美好前景的信念。可五嫂竟当真了，而且竟是这样坚持不懈。

五嫂与她婆婆的关系很不一般。五嫂敬神，我以为主要是敬公公婆婆。

五嫂是个苦命人，自从嫁过来起，家贫不说，而且几乎就在服侍病人中过日子。先是有个瘫痪失明的老太太，在床上躺了二十多年。后来公公婆婆相继患病，特别是婆婆，患的是疼痛病，终日痛不欲生。三位老人全靠五哥五嫂照顾，夫妇俩要种田养家，要抚养三个小孩，还要为老人端药倒茶，擦洗护理，摸屎摸尿，脏累不惧。日复一日，年复一年，作为媳妇，五嫂从无半点怨言，不见一回脸色。那份孝心，真的闻名遐迩，感动乡邻。后来几位老人相继谢世，儿女渐渐长大，五嫂的负担轻了，家境好了，生活小康了，然而她又有一个情结解不开，总是唠叨亏待了老人："这么好的日子，娭毑他们一点也没享受到，多可惜啊！"

于是便有了她每天坚持的事情：敬神。

我对五嫂的这一举动很是欣赏。我不是迷信，我是看到，每当五嫂敬神的时候，她家的大人小孩立马也严肃了起来，特别是那些孙子辈小孩，一上桌总是叽叽喳喳，相互打闹，只要五嫂端着碗一起身，他们便安静了下来，不到敬完神，谁也不会扶筷子。更可贵的是，有时五嫂没来得及，有的孩子还会提醒一句："阿婆，冇敬神啊！"

敬神在我故乡已成风俗，我以为是一种孝文化的典型表现。家家户户都一样，每餐饭前，有神位的敬神位，没有的就端到门口，敬天地大神。尤其是除夕，敬神推上了高潮。天没亮，人们就得起来做菜，鸡鸭腊肉当然是前天夜里就煮好了的，早上主要是煮芋头做大哨子以及一些小菜。到了晌午时分，女人们便把六至八碗"敬献"装进一只菜篮子里，男人们用一把锄头，一头挑着敬献，一头挑着香纸爆竹，家有七岁以上男孩的，一定得带上孩子，这样来到祖上的坟前，摆上三牲果品等敬献，点燃一挂鞭炮，插上几支香，烧几叠火纸，就算尽了孝，与祖上同过新年，也表明子孙争气，后代发达，家族香火旺盛。真正的实际工作，是和清明节扫墓一样，祭拜完后，还要清理一下坟地，诸如疏通排水沟、挖掉长到坟边的冬笋等，以防来年春天雨水侵蚀，竹根长进坟墓里。这样的敬神是很辛苦的，一般要跑几个山头，每一个祖坟都要敬到，直到日头偏西，家中女人孩子们等得饥肠辘辘，方才返回。回来后，大家族的兄弟子侄们还要集中到祖堂，把敬献摆放到一起，烧纸燃香打鞭炮，集中祭拜一次。搞完这些，各家各户才能围坐吃年饭。

我从少小离家后，很少回乡探亲。几十年了，每次回来，一看到敬神，总要使我激动一番。在堂屋里饭碗飘出的香气里，在祖坟前香纸腾起的烟雾里，我仿佛看到了一幅幅生动的画面，那是汉文帝的《亲尝汤药》，是三国陆绩的《怀橘遗亲》，是黄庭坚的《涤亲溺器》，是闵子骞的《芦衣顺母》……我忽然想起，一部崇高伟大的中华传统文明史，其实并不是用文字写成的，而是祖祖辈辈的中华儿女，用一件件不起眼的浸泡在日常生活里的小事编织而成的。

敬神，敬的是毫无知觉的木牌土堆，熏陶的却是一代接一代的幼小心灵。他们用了一家一族的小小的孝心，聚合成了对国家民族的大爱，与仁义礼智信一道，构筑起了民族精神这一坚不可摧的不朽长城。

"姑公，吃饭了！"我正在埋头写作，楼下传来小侄孙的喊声。我关上电脑，下了楼，饭桌上，饭菜已然飘出诱人的香味，老小几个都在正襟危坐，谁也不动筷子，脸上露出庄严肃穆的神情。隔壁堂屋里，五嫂手里捧着大海碗，碗里盛满了鸡鸭腊肉，中间插着一双筷子，碗里的香气缓缓地飘上去，弥漫在一块木的祖牌和几帧瓷板相片上，久久不曾散去……

小土屋

　　四哥家坐落在镇子边上的一个山窝里。屋子不大，是幕阜山区过去常见的那种金字型简易农舍，土墙砖壁，瓦顶木梁，连堂五间正房，两头各带披水。屋子建在一座小山包下，沿山脉走向，翠黛逶迤，牵手远处的幕阜山脉。屋前是一垄缓缓的梯田，扭着秧歌直达二里地外的大塅。右首山梁的西面，便是湘鄂赣三省交界的大镇，交通、生活异常便利，却又不闻嘈杂之声。山窝里三五人家相邻而居，阡陌相连，篱笆相接，鸡鸣犬吠相闻。确是一方难得的风水宝地。

　　小土屋在我心中印象极深。

　　每次我们去四哥家做客，四哥四嫂总是浑身笑意，乐不可支。尤其是四哥，一见面便拉着我的手，咧开嘴，露出一脸微笑，口里一声"嗯呃——"歌唱似的拖着长音，半天说不出下文。我知道，四哥的特点是慢，走路慢，做事慢，尤其是说话，字与字之间总要夹个拖音，其实很多话不等他拖完，意思早已明白，但还得等着，有时连旁人都会觉得莫名其妙，奇怪地扭头观看。例如这一声"嗯呃——"后面就是"回来啦？太好啦"之类的意思，饱含着亲情、热情和倾心相待的真情。紧接着，他便把我引进土屋，陪我在堂屋落座，忙不迭地招呼儿孙们向我问安。

四嫂也立马端上了热腾腾的修水茶，一股茶叶菊花芝麻混合的异香扑鼻而来，小土屋里充满了温馨欢快的气氛。

小土屋真的很土，仅能勉强住人。比如说土墙的两面尚未粉刷，用手指都可捏下土屑来；屋顶没有砼楼，瓦缝墙隙到处透风。可土屋的"土"气又十分讲究，凸显出中国传统文化的特色。门前是花岗岩大门框，八字门形，顶上正中刻有阴阳八卦图，下面两扇腰门，挡住门外鸡鸭。堂屋北墙上，嵌挂一个木制小神台，台上安放着祖宗牌位，以及最近仙逝的祖上遗像，前置香炉，用于年节祭拜。神台两边是一副老联，道是："花开富贵真富贵，竹报平安果平安。"台下一张八仙桌，两边靠墙是十余把松木椅子，简单而朴素。从土屋的身上，我仿佛看到了四哥那劳作不倦的身影，窥见四哥温厚善良的性情。

这栋小土屋，是四哥大半辈子心血的结晶。

早年四哥住在垴里的大屋里，那是他小时候过继的人家。在他七八岁的时候，正是"三年困难时期"，与全国各地一样，山区许多人家都揭不开锅，我岳父家的充饥物，从薯丝到萝卜丝，又从萝卜丝到野菜，眼看山里的野菜也被挖光了，一家老小面临着饿死的危险。这时有一个亲戚跑来，对我岳父说，你家这么多孩子，与其等着饿死，不如放条生路。说镇上有一对夫妻，家境尚好，可就是没有生育，想带个儿子养老送终，你何不过继一个过去？说过继，其实就是送人，当然对方也会付少量的钱款。老两口虽极不愿意，但也没有更好的办法，便只得依了亲戚之言。可在选哪一个的问题上却犯了难，按说一般是选最小的，也就是五哥，可六岁大的五哥听了大哭，说宁愿饿死也不去别人家！这时四哥就挺身而出，为父母排忧解难，忍着泪水，改名换姓，来到了一个陌生的家。好在继父母还不错，也是一对厚道人。说家境好，其实也就是混个温饱而已。对带来的儿子倒也非常疼爱，好吃好穿的从不吝啬，直到抚养成人。待到四哥结婚生子、孙辈成群之时，二老却又先后谢世，完成了接续香火的大任，只剩下两张遗像、一块祖牌，享受着香纸熏烤、冷盘敬献的应有待遇。

　　到了20世纪80年代中期，四哥家那几间旧房已是岌岌可危了，再说儿女几个，也实在住不下，于是他和四嫂起早摸黑，节衣缩食，积攒下几个钱，在自家的宗地上，盖起了这栋土屋。乔迁的那年，我正好回乡省亲，在小土屋前见到四哥，发现他本不壮实的身体更加消瘦了，背也有些伛，脚步也有些蹒跚，总是微笑着的脸上，皱纹更多更深，眼睛更显混浊，也显得越发苍老而慈祥。我看土屋如此简陋，不由对他的艰难深感怜惜。可他并不在意，还是乐呵呵的，他说现在好了，你们回来就能在我家住了，房子不好，但是新的，干净卫生，好住的，好住的。他似乎对自己的生活非常满足，因为他家的责任田就在小土屋的前面和旁边，在屋后的山坡上还开了几畦荒地，辟为一个菜园。养鸡养鸭也比大屋里好，在山上放养，又生态又省事，还不碍邻居的事。夫妻俩种地几乎种出了花，异常精细，无论主粮稻谷，还是副食蔬菜，一律不打农药，尽量不施化肥。为供几个娃儿上学读书，每年还把上好的谷米、蔬菜拿到镇上去卖，都是好东西，能卖个好价钱。这日子，苦则苦矣，可四哥过得乐意，过得稳定，还是乐此不疲。

　　见四哥的光景不错，我和妻子自然也就放心了。四哥是个老实巴交的忠厚人，尽管知道我多年在外，也不是等闲之辈，但他从不为自己的事情找我的麻烦，有困难总是自己默默承受，设法解决。到后来，孩子们陆续长大，在外工作打工赚钱，都成了家立了业，分开过了，而他们老两口还是住在那栋小土屋里，还是在辛勤耕耘着门前屋后几亩田地，日出而作日落而息，安分守己地过着平凡的日子。

忽然有一天，四哥破天荒给我来电话了。电话里四哥显得异常着急，说，有件急得冒火的大事，非得你跟我想个办法不可。我左听右听，许久才弄明白，原来是关于土地问题。当地实施城镇化建设，镇子扩建到四哥那个小山窝，要征用他和村里农民的责任田，小土屋也在拆迁之列。四哥说征地拆迁都没问题，他们会服从公家的大局，但给予的补偿太少，一亩地也就两三万元，一次性买断。我问他镇上有没有为他们办社保。我知道这是有政策规定的，这笔钱在出让征用土地的收入中微不足道。他想了想说没听说，他可能还不知道社保对他的重要性。农民就是这样，只顾眼前能拿到手的，长远的并不关心。他说，我没有土地了，以后靠什么吃饭啊？说着说着，四哥竟呜呜咽咽地哭出了声。

放下电话，我心里异常沉重。我知道这是一个较为普遍的问题，我能给他拿出什么好办法？大搞城镇化是发展的需要，是现代化建设的必经之路，这是无可非议的。问题是怎么搞？要如何把握速度？这才是关键所在。比如四哥那个镇子，我熟悉得很，是个深山小镇，以前仅有一条老街，青石板街道，两边是砖木结构的商铺，街道后面散住着百十户人家。也有几间旅社、粮站、信用社等，坐落在老街的尽头，均为中华人民共和国成立后新建的。后来，镇子日新月异，越搞越大，前几年我开车回去，竟然在几条街道上迷了路。面对那鳞次栉比却又空荡荡的街道，我真的忧虑多于兴奋。我不知道一个全农业的乡镇，究竟拿什么来支撑大型城镇的运转。失地农民即使住进了楼房，但失去了劳动的依托，如何维持家庭生活？光说供水一项，据说就遇到了大麻烦。镇里供水跟不上，就想到十几公里外的一座水库取水，水库附近的农民一听说，即刻引发骚动，纷纷抗拒，说这是他们的养命水，决不能被掠夺！工程队伍不能上山，最后只能取消，镇里供水至今未得到解决。现在这个镇子已经出现了烂尾工程，因为基本条件跟不上，房子难以出售，房地产商都不敢来购地了，以低价从农民手中收来的土地，成了野草丛生的荒地。一个非常浅显的道理是，所谓城镇化，必须依靠工业化做基础，否则城镇化就是空壳化、灾难化。城镇化理应是经济发展的结果，决不能成为追求GDP的手段。虽然匪夷所思，但很多地方至今还在一味扩建，只要新官上任，总要在城建上动脑筋，以最简便最快捷的办法展示政绩，于是到处开疆拓土，热气腾腾，此伏彼起，永无尽头。

许是我出身农民的缘故？每当看到那些县城、乡镇越扩越大，那些上好的良田被整块整块地蚕食，总是感到阵阵忧虑，阵阵心疼。我总是呼吁，人们前进的脚步不要太快，尤其是那些不应该快的在飞速奔跑，而应该快的却远远地被甩在了后头。我恍惚看到一个虚胖子在奔跑，他气喘吁吁，他大汗淋漓，他体力不支，他正在耗尽精力，只要有人使个绊子，他就会轰然倒地。

四哥的田地很快就被征用了。听说他和乡亲们进行了据理抗争，还引发了小型的骚动，当然很快就得以平息。有所改变的一点，是那栋小土屋不拆了，四哥可以继续住下去。去年清明前夕，我们又去四哥家，远远看去，那片梯田不见了，经过推土机的奋战，变成了一大块荒地，那道山梁也部分被推平，与镇子的新区连成了一片，一些工程作业队伍已在进行新建筑的规划施工。而那栋小土屋，看上去却变了，变得怪怪的。它的前面，由于平整土地，被挖成了一道悬崖，左边是新开的公路，把山坡劈成了陡坎，只有右边尚有一条小路供人行走。土屋看似高挂在山边上，显得那么孤单，那么可怜。

四哥四嫂知道我们要来，早早地就绕了一大弯，跑到马路边上迎接我们。四哥说现在门前路不好走了，地上搞得刮烂，泥巴呼噜，怕我们跌跤。我分明看到了风刀霜剑在四哥身上留下的累累伤痕。他的腰又弯了，身体更加前倾；依然是一张笑脸，但多了忧郁，少了灿烂；说话的拖音更多，而话语却更少了。

我把车远远地停在马路边上，踩着泥泞，深一脚浅一脚地朝土屋走去。

荷　塘

　　五哥家门前有一口荷塘，约一亩见方。荷塘就在地场边上，紧挨着一大片稻田，稻田前面是一条小河，河水从山间流过来，流向远方。

　　夏日里，我回乡到五哥家小住。正逢农家盛季，田野里绿浪滚滚，菜园里瓜果飘香。小荷塘已然被硕大的荷叶铺满，微风吹来，叶儿芯里的小水珠肆意滚动，在阳光下熠熠闪光。绿叶中间，一朵朵粉色的荷花亭亭玉立，婀娜多姿。盛放的像贵妇般艳丽，初展的像新娘般娇媚，半开的像少女般羞涩，含苞的像小姑娘般纯净，真真令人叹为观止。

　　这口荷塘自然成了我的最爱。要知道如今的山乡已远不如从前，过去那种如画般的景色是难以寻觅了。喧嚣取代了静谧，杂乱取代了齐整，污染取代了清纯。许多古村古寨都已破落荒芜，而在它的周边，却是一些碉堡似的建筑，把一个个山水美景破坏殆尽。在这样的情况下，还有一处闹中取静、浊中独清的田园风光，足可安放一个游子的心灵了。我于是成了荷塘的常客。清晨，沐一缕清风，与荷叶起舞；黄昏，披一道斜阳，与荷花伫立。特别是到了晚上，拎一把小竹椅，泡一壶宁红茶，在塘边一坐就是两三个小时。月色下，陪着那一群仙女般的生灵，听蛙鼓蝉琴，看田色山影，任柳条拂面，享月光铺银，心中便满是"夫复何求"之慨。

在塘边待得久了，我油然思念起塘底下的藕来，而且这种思念是这么强烈，愈来愈不可遏止。我想这艳丽的荷花，已然占尽了风光，赢得了数不尽的赞颂，如脍炙人口的"出淤泥而不染，濯清涟而不妖""清水出芙蓉，天然去雕饰""小荷才露尖尖角，早有蜻蜓立上头""接天莲叶无穷碧，映日荷花别样红"等等，不一而足。咏颂纯美荷花，固然理所应当，无可非议。可那深藏在泥水里面的藕，又有谁看得见呢？更遑论有人歌颂赞扬的了。我翻遍记忆，又借助"百度"等工具，横竖找不着骚人墨客们对藕的赞美，仅有的诗行里，也只是些哀叹藕断丝连，或是借藕颂莲之类。如孟郊的"妾心藕中丝，虽断犹牵连"；杜甫的"公子调冰水，佳人雪藕丝"；贾岛的"千根池里藕，一朵火中花"……更有甚者，竟还有人对藕无端指责，道是"泥里忍污浊，枉称心眼多。莲姿博清誉，你却为它活"，岂不可恶？须知当那荷叶荷花纵情怒放、展现千姿百态的时候，藕却正在污泥里面辛勤耕耘，就像一个个至诚的父母，在为他的子女们可劲儿提供着养分呢！露在地面上的是无限风光，隐于地下的是默默无闻。实际上，荷叶荷花的价值主要是观赏，真正具有药食功能的还是深埋在泥水中的藕，这才是"好看不好吃，好吃瞧不见"啊。可世间的事物就是如此无奈，如此不公平，当人们对着抛头露面者欢呼雀跃时，却忘记了还有多少躬身俯首者，在那里无怨无悔埋头苦干。一如这荷塘边上，人们津津乐道于荷花的"出淤泥而不染"，殊不知地底下还有无数根藕，他们是深陷污泥而不染，丹心撑起一池莲，他们的品行才真正值得大书特书啊！

初冬时节，我再次来到了荷塘边上。这时的荷塘，已今非昔比了，经过风刀霜剑的磨砺，荷塘脱去了夏日的盛装，叶子早已枯萎，飘落在泥中渐渐腐烂，荷花也早已化为稀泥不见踪影，只剩下一些凋零的荷秆，东倒西歪地撑立着，努力唤起人们对去日风景的记忆。我于是又悲凉起来，想世事何其残酷，天地运行，四时变异，谁又可抗拒半分？难怪不少圣贤苦苦劝告人们，要"不以物喜，不以己悲"，要"得之不喜，失之不忧"，要"淡定低调，宠辱不惊"。一口荷塘看兴衰，参透世间多少情啊！

正在踌躇满怀，忽听见有人和我打招呼，抬头一看，原来是荷塘主人横巴。横巴是五哥的一个远房亲戚，他的大名我从没听到过，村人一直都叫他这个外号。横巴可是个十足的老实巴交的人，矮矮的个子，黧黑的脸膛，许是过多负重的缘故，走起路来腰总是饧着，导致一步一点头，显得异常吃力。他平时很少说话，见人先笑，露出满脸真诚。即便开口，也是轻言细语，从不高声。此时他肩扛锄头，锄头把上还挂了一个竹篓。我问他干啥去。他说是来挖藕的。说罢就挽起裤脚，提着锄头跳进了荷塘。不一会儿，一根带着泥巴的藕就被他挖了出来，那根藕足有四五节长，约碗口粗，虽还沾着稀泥，但其鲜嫩的色泽已清晰可辨，透过深灰色的表皮，我恍惚看到了晶莹的藕肉、圆圆的小眼，和那细细长长的切不断扯还乱的藕丝，真真叫人钦羡不已。紧接着，长短不一的鲜藕一根接一根被挖了起来，很快铺了一地，足可装满那个竹筐。

横巴还在挖。我忽然发现挖藕还真是个辛苦活，看横巴那费力的样子，在俯仰之间，在鲜藕出泥的时候，他已是气喘吁吁，沾满泥巴的身上脸上，汗水不停地流淌，很快湿透了衣襟。

他边干活边对我说，藕这东西顽强得很，春夏季节，它会死命往地下钻，深入硬泥之中，以最大限度吸取营养，供荷花生长，以至很难挖尽。来年春天，那些留下来的残藕又会发芽长叶，生机勃发。

我愈发对藕敬重起来。荷叶荷花固然可爱，也委实值得歌颂，但没有藕哪有荷？一如没有许多被埋没的无名英雄，哪得精英们的逼人光彩？

我的视线从横巴身上抬起，向田野望去。正是晨尾巳时头时光，田野里出工的农人还真不少，有收晚庄稼的，有施冬肥的，有打理蔬菜的，男女老少，星星点点，伴随着野牧的牛羊、觅食的鸡鸭，在炊烟雾霭中，在大山背景下，组成了一幅绝美的山水田园图。我忽然若有所悟，眼前这些耕作的农人们，竟幻化成了一根根莲藕，正在精心打扮着天地间这口莫大的"荷塘"。那青山绿水，那村庄园林，不正是片片荷叶、朵朵荷花，组成的锦绣壮丽的美好家园吗？

我急忙举起手机，按下了快门。

桂　树

横屋村头有棵硕大的桂花树，枝干足有二层楼高，树冠半径少说也有两米，阳光下，洒下一大片阴凉。一到秋天，花香浓郁，飘遍全村。

桂树下是一条村级公路，连通太清塬的几个村庄，直达镇上。公路到村头恰好是一个拐角，桂树便成了一个高大的路标，又像一位慈祥的老人，天天迎送着过往的行人和车马。

平日里村庄是安静的。现如今年轻人吃过大哨子（指过了年）就外出了，孩童们上学的上学，再小点的还有幼儿园可进，村里基本上就只剩下老人和婴儿了，尖刻的人便说有的村庄是："鬼打得人死！"所以村里只要有点响动，便格外引人瞩目。

横屋是个小村，十来户人家呈月牙形排列在地场边上，桂树下就自然是集合地。外来的小贩们，都是在那里停下小货车，放响小喇叭，可劲儿播放着叫卖声。这声音对于村庄来说，是打破寂寥，带来生气；可对于我来说，却是打断思路，带来好奇。我这人有个习惯，就是喜欢凑热闹，只要是新鲜事儿，哪怕是埋头写字苦心孤诣，我也要抬起头来，探听个究竟。在五哥家小住的日子里，我每天都要从窗户里朝外瞧瞧，看看那些用电动车带着的五花八门的货物。

如今的变化真是日新月异，别说城里，就是在乡下，那些实体商店恐怕也得关门大吉了，因为一天好几趟，走村串户送货上门的叫人眼花缭乱，有卖南北货的，有卖鸡鸭鱼肉的，有深山老林的山货，有活蹦乱跳的河鲜，就连早点快餐、油炸汤煮、棉花糖麦芽糖棒棒糖之类的，每天都能见到，轮番轰炸，应有尽有，根本不需要跑到镇里街上去买。新时代了，感觉这种声音还真是成了当今乡村的一道风景。

忽一日，我刚吃过早餐，就听见从桂树下传来一阵响声，那响声很大，轰隆隆中夹杂着敲竹竿似的"梆梆"声，震人耳膜，听得出是一台单缸小功率的柴油机。时令已是秋后，田里的稻子已经收割完毕，放眼看去全是齐刷刷直立着的稻秆。朝阳照射在人们身上，已有舒适的暖意了。农人说"半年辛苦半年闲"，已是农闲时节，谁家还在忙乎什么呢？

"是友忠叔在打薯粉。"五哥一听就知道是干什么的。我想也是，霜降一到，就是割薯藤挖红薯的时节，过去缺吃少穿年代要晒薯丝干当饭吃，现在一般都是打薯粉，用来做菜，或是做烹饪调料。

友忠叔的家就住在村头，离桂树最近。友忠叔年幼时父亲早逝，他随娘下堂去了湖北通城，后来他的家境逐渐好转，便带着儿子返回老家，在老屋地基上起了一幢两层新房，续上了祖上的香火。他儿子伟义的脑瓜比他还要活泛，先是挂流年起本，后来发现农村有一个普遍现象：种田偷懒。现在种一季水稻，从翻田、栽插、施肥，到耘田、收割，基本不用下田，都愿意花钱请来机械操作。伟义便先后购买了一台割禾机一台翻田机，每年靠这"两机"帮人忙活，生意遍及周围两三个行政村。虽也是辛苦的工作，但干技术活档次高，感觉大不一样，况且效率高、收入高，获得感也实在得多。他为此很是自豪，觉得在村里颇有些了不起的味道。前两年他突发奇想，要买一辆小轿车。父母妻子都不赞同，说他和在广东浙江打工的不一样，一年到头守在家中，一般不外出，买辆车用不上。可他执意要买，我想他考虑的不是用途，而是面子。现如今的年轻人，都在争先恐后地买小车，过年过节谁不是一家大小开车回家？多有气派！本村的地场上，一到年节就停满了车。他干得又不是不如人，连一辆小车也没有，妻儿老小脸上无光不说，自己在一方地境也抬不起头啊。于是一辆白色的马自达就停在了自家的院子里。只是那车平日里真的没啥用，只不过十天半个月开出去溜达溜达，充充电而已。他也不用篷布盖上，在车旁边装了个水龙头，隔几天就洗一次，远近见了都是锃光瓦亮的。

匆匆吃过早饭，我和五哥一起来到桂树下。见那台机器是个动力机，一头固定在长凳上，另一头用皮带带动一架红薯粉碎机，机器的主人胡师傅在往粉碎机的漏斗里喂红薯，友忠叔友忠婶在用脸盆传递薯浆，一盆一盆倒进一旁的大木桶里，他们的儿媳妇负责给师傅递送洗净了的红薯。整个一片繁忙。

"友忠叔你们辛苦哇！"我在轰鸣声中大声地和他们打招呼。

伟义手里端了碗修水茶，站在一旁接话。伟义是个硬汉子，看上去很精干，一米七八上下的个子，板寸头下是一张黧黑的脸膛，应是整个夏天劳作留下的印记。此刻，他似乎与这些忙碌场面毫不相干，远远地站着，不但不打个帮手，而且还在数落他人，一脸不屑。

五哥告诉我，友忠叔夫妻真是两个勤快人，尽管他们家靠伟义两台机器早就发家致富，根本不需要他们劳作，但老脚婆哩就是闲不住，都七十好几的人了，至今养猪种地起早摸黑，一年到头都停不住。伟义怎么劝说也没用，所以满肚子意见，一看到二老忙碌，气就不打一处来。

　　机器的声音不断吸引着村人，逐渐四周就围拢了一伙，有的手上端着碗茶，有的嘴里叼着根烟，大家都以看客的身份，七嘴八舌地议论着。有的赞同伟义的意见，说七老八十了，不愁吃不愁穿，还叽么哩（什么）。也有人说，人老了就要找事做，要不病痛多，老得快，与其去扭屁股跳广场舞，或是笃笃的坐着打牌，还不如做点地里活划得来。还有的说自己做的薯粉生态环保，你看友忠老脚哩今年红薯种得多好，那薯王都有二十多斤，他可是全用的有机肥啊，比买的好多了，薯渣还可以养猪。五哥还向友忠叔订货，说冬天到南昌儿子家去要买几斤带去。这时香火师六子跑来了，一看友忠叔用锄头使劲在大木桶里扒着。那是因为时间久了，桶里的薯粉便会板结，必须在水中搅化了，再过滤一遍。六子便打起了剁嘴（开玩笑），说："你这老脚扒得这么起劲啊？是赶去看你那个漂亮的儿媳妇吗？"说得大家哄笑起来。

　　他儿媳妇沈婷长得是真的漂亮，刚见到时我还以为她是友忠叔的孙女。四十来岁了，已生育二女一男三个孩子，大女儿都快与她一样高了，她却还像是一个大姑娘。我十分费解，这山沟里日晒雨淋的，竟损坏不了她那洁白如玉的肌肤；长年的锄头扁担重压，她那亭亭玉立的身材却不变形。看那双水灵灵的大眼睛，眼睛上面那长长的卷卷的睫毛，还有那头瀑布似的黑发，披在那凹凸有致的高挑身材上，倘若走进城里，绝对看不出是个乡下妹子。沈婷虽不很内向，但也不善言谈，平日里我看到她多在忙碌，很少有闲暇的时间。就说她公爹公婆搞的这薯粉吧，其实她做的事最多，洗红薯、上机器、端薯浆，哪一样都有她，完了还要负责晒干薯渣用来喂猪。倒是有个好性格，无论什么情况，她都是乐呵呵笑眯眯的，从不发愁生气。这不，被六子几句话一逗，搞得她面红耳赤，低了头抿了嘴，手中的动作更快了。

六子在村里是有名的乐天派。他经常为做道场的人家当香火师，那活儿是个苦差事，熬更守夜的，一场下来就是三五天，还要代得劳，啥事都能干，又要为主家着想，尽量减少繁文缛节，既不把孝子搞得太累，又为主家节省费用，所以远近都愿意请他。做得多了，他也变得油嘴滑舌，好打剁嘴。也是，夜里瞌睡重，就连孝子都没有哭声了，可和尚道士还要有一阵没一阵地念经唱曲，他就得操心那些烧纸点香的事，这样熬夜多了，他就养成了两个习惯，一是喝酒，二是打剁嘴，以此提神醒脑。

"咯个老不自动的东西！"友忠叔也不生气，手里的活儿也不停，只是轻轻地笑骂了一声，然后抬头向着伟义说，"去管一下崽姑哩，看他们吃好了没有，该上学了。"

伟义便大声朝屋里喊："崽姑哩你们快点哦！"

要说友忠叔一家美中不足，就是几个孩子读书不理想，尤其是那个小男孩满崽哩，上了三年的一年级，成绩还是跟不上。有一次我们在地场上闲聊，见满崽哩跑了过来，做木匠的跃进便问他："五加三等于几？"满崽哩翻着眼睛朝天，心算了许久，还是答不上来。跃进就故意逗他："是不是等于九？"满崽哩蛮认真地思索了一阵，郑重地答道："嗯，是等于九！"引得大伙笑岔了气。

不过孩子学习跟不上，并不是孩子本身不行，而是与学校的教学力量不足有很大关系。都说现在城乡差距缩小了，我看未必。单从与人民群众关系最密切的医疗、教育、文化三大需求上看，农村就远远跟不上。比如教育，农村学校缺师资、缺教学设备、缺活动场所的"三缺"现象还很普遍，教学效果、学生素质、升学率等都还处于落后状态。很多孩子不是不会读书，是没有良好的读书条件。因此农村人只要有点钱，就要优先考虑到城里买房，至少也要租房，想方设法把孩子送到城里上学，逃离农村。伟义就已在做这方面的准备，只不过他有三个孩子，经济上负担较重，再说还得找关系，没关系的农村户口是上不了城里的学的。

太阳升到桂树梢头的时候，友忠叔的红薯粉终于打完了，连水带浆，足足装了三大桶。等到沉淀一天，傍晚时分，友忠叔再来过滤一遍，就可以晒粉了。今年他家的红薯收成不错，挖出来都是大个头，圆满光滑，很好打粉。友忠叔说，如今老了，做不动了，一次只能打两三百斤，要分上十次才能打完。看到已经晒在盘箕上的薯粉，阳光下雪白灿亮，十分可爱，想无论是炖薯粉粿，还是做薯粉摊蛋，抑或做成薯线粉，都是可口美味，不可多得。

友忠叔几个开始收拾工具，打扫地场，围观的人们也陆续散去。只有桂树，还是那么宽宏大量地立在那里，微风拂来，满树的叶子发出沙沙声，似乎在为它的见闻发着感慨。

米　香

"姑父回来啦！"

我闻声一惊，即刻把视线从手中的书上抬起，便见到一个年轻人站在我面前。

其实他的声音并不大，还是那种毕恭毕敬的语气。因为山村里的早晨出奇安静，正是仲春时节，男人和小孩大都没有起床，早起的女客们都在后头厨房里忙活。屋外的田野里一派静谧，偶尔一丝清风拂过，招得片片野花点头微笑；远处青山如黛，缕缕山岚缠在山腰，似在唤醒满山葱茏。我此时坐在堂屋里看书，真正是心无旁骛，沉浸其中。

"不好意思。"来人显然知道他的叫声惊扰了我，似乎很不礼貌，连忙道歉。

"没关系，是文和啊！"我站起身，一边与他握手，一边拖过一把椅子，请他坐下。

文和家与五哥家是斜对门。他们那个村子很小，不到十户人家，其中有五六户的屋子呈月牙形坐落，共用一个地场，真叫"阡陌交通，鸡犬相闻"。若是天气晴好，早晚餐常常是男女老少端着饭碗，齐聚场边上的桂花树下，边吃边聊，别有风味。因此只要我们回家探亲，他们即刻便会过来打个招呼，若不是忙于农活，还会小坐一会儿，吃碗茶，聊会儿天。

文和这次回来看我，却是还有别的意思。

我认识文和当然很早，还在他孩童的时候，我就摸过他的脑袋。起初听到他的名字，立马便想到了《三国演义》里的贾诩，文和便是贾诩的字。贾诩是曹操帐中的重要谋士，在官渡之战、平马超等方面，起到了举足轻重的作用，陈寿评他是"算无遗策，经达权变"，把他与张良、陈平相提并论。文和的父亲是个老师，我想把古代名人的字用作儿子的名，自有其寄托。这也是山乡里的一个习惯性做法，一如有叫"仲谋""伯言"之类的，还不都是读书人的一番苦心？

文和的创业，虽不可能与古人相提并论，但对于他自己来说，还真是"过关斩将"，用了不少胆识。他读书并不得意，高中只读了一年半就辍学了。但他勤奋，有头脑，向父母要了几百元钱，便在小镇上摆起了地摊，从外地贩来一些生活用品，比如衣服、化妆品、洗涤液之类，算是赚了点小钱吧。刚积累了一点资本，他又改了行，在镇上租个铺面，开了一间摩托车店。那时的乡村正是进入摩托车的发展年代，他便迅即跟上，以飞快的速度学会了修理技术，同时经营修车、卖车。没搞几年，他又突然从小镇上消失了，谁也不知他去了哪里、做什么去了。几年后他又突然回来了，这回他没有再摆地摊，也不开店，而是在镇子边上开办了一个炒米加工厂，也就是个小作坊，做起了炒货生意。

也不知他从哪里学到了一手好手艺，那一小袋一小袋包装的食品，以炒糯米为主，夹杂少量的绿皮毛豆，看上去，炒米金黄，毛豆翠绿，品相就非常诱人。若是用来配茶，把炒米和豆子倒入口中，咬一口，干脆喷香；细嚼慢咽，香味满口，还略带甘甜。再饮上一小口菊花茶，那香甜味儿便随之拥抱味蕾，直达喉管。若是将这炒米放一把到茶缸里，与修水茶的茶叶、菊花、桂花、芝麻、花椒等一并冲泡，则又别有风味。那香气顺着茶水的蒸汽在屋子里散发开去，真是满室生香，沁人肺腑。那一碗酽酽的茶汤，喝起来味道滋润，简直赛过琼浆玉液；那一口底料的滋味儿，就别提了，保准能喜煞好多修水人。

我问是什么戏法，竟然玩转了这一袋炒米？文和淡然一笑，说要领很多，比如炒的功夫就很微妙，初期是手工作业，用一口大锅，以少量植物油翻炒，其要害就在于把握时间，起锅早或晚一丁点都不成功，必须恰到好处。又如配料，他说他用的全是取自植物的添加剂，不仅口感非常好，深受小朋友的欢迎，而且绿色环保，吃了没有害处。不过究竟是什么东西？这是他的商业秘密，他不便讲，我也不便问。他只说是在湖南拜了师，花了三年时间学到的。

很快，他那小作坊便兴旺起来。有了独门绝技，原材料又不愁，销路畅通，产量便一天比一天高涨，到他那儿打工竟然还要排队，择优录取。这搞得村人钦羡不已。

这就是文和，可算得上是个乡村能人。他思路敏捷，动作果断，在快速发展的市场经济中，不断调整自己的定位，努力走在市场的前列。他的行动，在乡村人看来，简直不可思议。那些长年隔着重重大山习惯了从土里扒食的父老们，就是想不通，从小到大这孩子也不是很调皮，还比较内向，甚至有些木讷，谁知他一肚子的水爬虫，闷着头东跑西颠，搞得人们头晕目眩，脑子怎么转动也跟不上他的变化。

忽然有一天，他千里迢迢来到南昌找我，说他遇到了难处，要我帮忙。我见他比以前消瘦多了，一身疲惫，脸庞黧黑，眉骨高耸，一双内陷的眼睛里充满了忧郁。他的身材本不甚高大，许是偏瘦的原因，看上去好像显高了不少，一套很不显档次的西装，就像挂在衣架上似的，特觉空荡。我深知搞企业的难处，尤其是个体企业主，必须事必躬亲，劳心费力，不说智商要高，就是体力跟不上也不行。我对他深感同情，叫他别急，有什么事慢慢道来。从他语无伦次的叙述中，我终于搞清了原委。他的这种食品企业，在卫生安全方面是有严格监管的，他对此十分清楚，所以一开始就严格依法依规，办理了所有手续，而且做到产品及时送检，积极配合职能部门的检查督促。他自己也常说不能掉以轻心，一旦出了问题，就是伤天害理的事，既害了别人，自己也会倒霉透顶。"可我这种产业，只有遇到善意的人才好说话，要是遇到心术不正的人，他就会鸡蛋里挑骨头。"他说他不怕苦不怕累，就怕不断有人骚扰。我一听就明白，那时类似现象太普遍了，"不给好处不办事，给了好处乱办事"，几乎成了惯例，遍及各个领域。老百姓尤其是中小企业主恨之入骨，却又徒叹无奈。我只得给他两个"锦囊"：一是要他在食品卫生、质量、安全等方面加强管理，不要留半点隐患，不要给人抓到辫子；二是帮他找到了当地主要领导，请他们注重对民营企业的关心关照，防止索拿卡要、故意刁难的现象发生。

　　听了我的话，文和似乎松了口气，脸上逐渐露出了轻快的神情，一个劲地向我表示感谢，说只要主要领导愿意为他主持公道，就没有问题了。我看着他如释重负的表情，心里并不轻松。为什么在一个地方，任何问题的解决，都要靠主要领导？无论哪里，几乎处处相同。就像演包公戏，剧中冤情似海，状告无门，情节错综复杂，千回百转，最后包青天出场，问题便迎刃而解，曲终人散，皆大欢喜。我们设置那么多职能部门，制定了那么多法律法规，好像多是些"瞎子的眼镜——摆设"。这太不正常了，假如主要领导能力不够，情况不明，不敢拍板，当个糊涂官，或是他自身人品有问题，也与其下属一样欺压百姓，那将会是什么结果？想到这里，我总是不寒而栗。

没多久，我得到消息：文和的炒米厂要搬走了，说是在长沙找到了一个地方，要到那里去干。我打电话问他为什么要走。要知道在故乡创业毕竟是有许多便利的。他说一言难尽，主要还是环境不太好。

我愕然，问题不是已经解决了吗，怎么还是环境不好？他吞吞吐吐，大体意思我终于明白，原来光是找人是不够的，人一换又得从头找起。我脑子里忽然蹦出了伯尔曼的话："法律必须被信仰，否则它将形同虚设！"法律、法规，往往也是一个任人打扮的姑娘，有时她很漂亮，非常招人喜爱；有时却是那么丑陋，那么令人啼笑皆非。这里的关键，当然是看由谁来为她打扮了。韩非子曾说过："法分明，则贤不得夺不肖，强不得侵弱，众不得暴寡。"在包拯、海瑞们面前，贤、弱、寡者便能受到应有的保护，就能出现清平世界朗朗乾坤；而在赵高、秦桧们的手下，就只有欺行霸市、百姓遭殃了。如此，法如何分明？这个前提，不知韩非子当时想过没有？

中国自古以管为治，有"牧"的官职，直接就把官员称为"牧羊人"，把芸芸百姓看作羊群。中国人便也世代祈求明主、贤臣，遇到清官良吏，便高山仰止，感天谢地——也只能靠天降好人了！

文和还是走了，据说在长沙的发展颇不错，他的小袋炒米注册了"山里香"品牌，销路直线上升，形势一片大好。无论如何这是个好消息，只要他干得好，企业兴旺发达，不管在哪里，我心里都觉得异常喜悦。

多年后，当我又一次回乡探亲的时候，文和的举动却大大出乎我的意料：他又回来了，又回故乡创业来了！

听说我在五哥家，一大早文和便来看我，说他的工厂已经建成投产，邀我前去参观指导。

文和是招商引资回来的。这说明当地又来了贤能官员，加强了对经济建设的组织领导，真正为百姓着想，为企业的生存发展创造了优良环境。

工厂坐落在南楼岭的山腰上。文和说今非昔比，以前的小作坊办在镇上，有污染但影响不大，现在厂子大了，生产成了规模，首先就得考虑排污的问题。放在人口密集的地方，会污染空气；放在农田边上，会污染庄稼。所以镇里特地为他在山腰上选择了一块平地，远离村庄和农田，确保生态环保。山坳里环境优美，厂房四周是茂密的森林，真个是青山环抱，绿树掩映，蝉鸣水响，鸟语花香。站在厂前放眼望去，是一大片绵延起伏的丘陵，丘陵间有形状各异的山塅，山塅里散布着大大小小的村庄。修水河弯弯曲曲，从山塅和村庄间穿过，在阳光下闪着银光。面对如此秀美的景色，我不禁惊叹起来，没想到一个枯燥乏味的工厂，竟然还是一处绝妙的景观。更好的是厂房还建在省道边上，产品运输相当方便。文和说这是镇里领导考虑周到，为企业节省成本。

与过去那个作坊相比，文和如今真的是"鸟枪换炮"了。

占地数十亩的土地上，建有两座房屋，一座是车间，一座是办公楼。远看去宽敞宏伟，颇有些气派。车间里三条半自动生产线，从原料入口到包装成袋，全部是流水线完成，全程电子监控，仅在生产线的两端需要人工操作。整个生产流程不往外排放任何烟尘杂质，由全封闭的管道系统转入地下水池，然后进行水净化处理，还可循环利用。虽在山区，其绿色环保理念和现代化的生产方式，与大城市大工厂并无两样，不得不令人敬佩。我问及他的产量、收入，他扳着指头，如数家珍。他说现在家乡的政策好了，看得出是真心实意需要他们回乡创业了，回乡的优势立马就凸显了。由于他的品牌有优势，有较稳定的市场，成本下降，价格也随之降低，产量就提升了，收入当然也有增加，而且能为故乡增加就业，为父老乡亲增加收入，这是他们这些返乡创业者最大的心愿。

我坐在五哥的堂屋里，抬眼便能见到斜对门文和的家。外表看去，他家和邻居家并无多大差别，新建的小楼房现在谁家都有，屋内的摆设无非也就是那些老一套，只是有些质量高一些罢了，比如电视机是大尺寸的，沙发是真皮的，还有一套红木茶桌等等。然而有一个变化，却引起了山里人极大的兴趣：他的家里面，有一个人变了，他的妻子换了。

他的结发妻子是个好女客，曾经与他一道受苦，一道创业，一道打拼多年，两人还生了一个女儿，女儿都已大学毕业，参加工作了。人都说文和是个老实厚道人，不知什么原因闹了离婚，却又不见吵闹，一片平静。人们只知道文和是去湖南之前离的婚，女儿归了女方，文和还把他以前办的一个工厂给了女方，直到现在，母女俩还在经营那个厂，效益很不错。于是人们的猜测就多起来了，传他花心的比较少，较集中的是说他要生个儿子，传宗接代。那时计划生育政策还没有变，一对夫妇只能生育一个孩子，想再生儿子经济条件又好的，很多都是夫妻协议离婚，男方给女方优厚的补偿，然后再娶。反正文和后来找了个比他年轻许多的姑娘，是个岭背姑哩。那姑哩长得很俊，瓜子脸，大眼睛，个头高挑，皮肤白嫩。还有一个好性格，见人微笑，还带点羞涩，一口带岭背口音的普通话，听起来像唱歌，很快就赢得了村里人们的好感。还真是心想事成，他们婚后不久就生下了个胖儿子，两年后又生了个女儿，据说那女子还想生第三个呢。好像在山里人心里，这也是情理之中的事，所以并没有引起多少人的反感。

　　时代在发展总会给一些传统观念带来冲击，孰是孰非其实并无定论。比如赌博，先前是明令禁止的，可现在牌桌上有几个是不赌的？说是"娱乐为主"，数目很小，那么多少是赌博与娱乐的界限？从来都没有划定过。虽然谁也没说不禁止了，可这么玩的多了，就"法不责众"了。又如为死人做醮做道场，以前是要到寺庙里请和尚的，现在到处是假和尚。一些年轻人把做和尚当成了赚钱的职业，留着头发，吃着荤腥，喝着烈酒，娶妻生子，与普通人无异，而山里人对此却熟视无睹，习以为常。以前办丧事期间是要斋戒的，荤腥酒水是绝对不能有的，现在也不讲究了，一边在念经唱佛，一边是大鱼大肉，请客吃酒。更奇葩的是父母去世竟出现了请人哭灵的，这在从前可是大逆不道啊！幕阜山区有句俗话，叫"请人哭爷——不出眼泪"，那是完全彻底的贬义，意为绝不可能的。谁知竟成了现实，岂不连是非都颠倒过来了？

如此看来，富起来后，休妻再娶，以续香火，也就不足为怪了。只是夫妻感情不知如何割舍，是否男女双方都很情愿，留下的子女情何以堪？这道德领域的事儿，恐怕就只有天知道了。

　　不管怎样，村人对文和是包容的，也是赞赏的。他一直在扎实做事，并没有坑蒙拐骗；他做的是实体企业，也不是炒股炒房、买空卖空；他是从无到有从小到大，全靠劳动所得一点点积累而来，不是靠巧取豪夺一夜发财。他的拼搏精神、应变能力和才艺智慧，使人们佩服得五体投地。在幕阜山下，在太清塬里，他至今还是一面创业的旗帜。

酒　事

　　离家久了，又不常回去，就会出现一些可叹之事，比如说话的口音，贺知章说"乡音无改鬓毛衰"，可我老是不经意就蹦出一句普通话来，弄得好不尴尬。又如认人，明明是很亲的邻舍，别说小孩，就是年轻些的，也多是认不出来。老父亲便一边指点一边责怪道："这个是三叔的儿子，那个是五伯父的儿媳。上次不是介绍过了吗，怎么又忘了？"我只好摇头叹息，须知上次是三五年前了啊！

　　去年春在我丈人家居住时，又遇到了这样的情境。那天我和五哥他们正在吃晚饭，忽然进来一个人，打着哈哈："小朱，哦不，要叫老朱了，回来啦？"我慌忙起身，笑着回礼，又看着五哥，五哥说是六子："六子……哥哦！"我结结巴巴，因为我看他个子虽很瘦小，但满脸皱纹，双眼混浊，还有点迎风流泪，平头和下巴的胡茬上，已是一片花白，看上去起码有七十好几了。叫他小名，似有不恭。

　　"你是不是认不出我了？"他倒是很直爽，"我就是那个香火师啊！"

　　我想起来了，我岳父仙逝的时候，做了三天两夜的道场。做道场是有个香火师的，看上去那是个打杂的差事，可却非常重要，和尚只管念经唱曲，什么时候点香烛，什么时候烧纸钱，孝子什么时候要跪要拜，都是香火师在调度的。我因身份所限，没有在现场，只坐在岳父遗体旁守灵，所以这个香火师也就难见面了。只知道人都叫他六子，非常代得劳，村里无论谁家有好歹事，他总是挺身而出，扑下身子帮忙。他有一特长，就是酒量了得，劳更守夜的，他只要有烈酒伺候，就会精神抖擞，毫无倦意。

五哥说六子很想与我喝酒，他说我结婚那年喝回门酒，他目睹了我把村里的祝秋书记喝倒了。"祝秋是什么酒量，黄龙山脚下谁不晓得？硬是被小朱当场比倒了。没见过，真的没见过！"其实我是徒有虚名，那次比酒，是在酒席散了以后，祝秋硬要和我喝，我实在不能喝了，我爱人就和她的几个同学一起为我作弊，我足足喝掉一大洋瓷碗白开水，祝秋哪能不倒呢？

从那以后，我的酒量就在村里出名了，好几个人都想和我较量较量，可我因工作繁忙，时间有限，每次回去总是像一阵风似的，点个火就走，直到黑头发变成了白头发，终究没有比成。

难道六子又想和我比酒？我在心里暗想，五哥也从里屋拎出了一瓶"山谷泉"。

"我今天不和你喝酒，"他很少有地压低了嗓门，话里还带了些忧郁，"是想和你商量件正事。"接着他抬手指向门外，门外还在下着小雨，地场上，一片泥泞，一些车辙留下的坑坑洼洼里，积满了水，雨点落在水中，溅起点点水花。他说他们村有三五十户人家，门前这条路包括两三个地场，都还是泥巴呼噜的，每年春上，都弄得人一脚透湿。他想要我帮个忙，搞点钱来修一下，他说他是代表全村百姓的。"这件事你如不办好，将来退休后到丈母娘家来，车子还是开到泥巴地里，你会难过的！"

我说这事我知道，本来按政策就是要修的，你们向当地政府反映啊。他说政策是好，可没人说话就没有用，要是等到别人都修好了再修我们这里，恐怕我的骨头都打得鼓了。接着他举了几个例子，还都是"厨中无人莫喝汤"的事儿。我无言以对，只好说尽力而为。

我很困惑，也很无奈。老实说，我谋生在外，故乡父老对我是爱护有加的，不到迫不得已，他们不会找我办事。可见这条路已经困扰他们很久了。五哥说，春节期间，村里还特地搞了一堆花灯，目的就是利用戏灯集资修路，可哪能弄到几个钱呢？简直是杯水车薪啊！我想一个本应由政府解决的问题，为什么还要老百姓伤脑筋呢？我无法像于丹女士说的那样："当你遇到不公平时，不要抱怨社会，要问自己的内心是否学会忍耐。常言道：退一步，海阔天空。"我还是要问问，国有惠民政策，就是落实不了，究竟在哪里卡壳了？百姓有困难，找谁才管用？

我虽然不愿落入俗套，但面对六子哥，我怎能忍心拒绝不管，怎能愤怒一下完事？

去年冬天，村里那条仅800米长的土路，终于铺上了水泥，路边的地场也硬化了，还装上了路灯，全村人都很高兴，仿佛因此就不落人后，就扬眉吐气了。

今年我探家的时候，六子一定要和我喝一壶，说是你为村里老百姓办了件大好事，要感谢你！我听了很难过，实在提不起酒兴来，便对他说，我现在高血压高血脂，怕一喝就出问题。还是你喝吧，我用开水陪你，只要感情有，什么都是酒哦。六子乐了，满脸的皱纹绽开了花，眼里放出瓷实的光芒。

那天，还是在五哥家，六子哥整整喝了一大洋瓷碗的"山谷泉"，那酒真的是好酒，清香扑鼻，足有52度。

汨水之源

一

汨水发源于幕阜山脉中段的黄龙山下，那些清澈的小水珠儿，在绿树掩映的山泉里蹦蹦跳跳，哼着小曲，吹着口哨，召唤着小伙伴，结成队伍，径朝西去。在湖南平江境内，又携起来自古罗子国的罗水之手，浩浩汤汤，奔向洞庭湖。于是就有了著名的汨罗江，有了屈子投江杜甫归葬的千古绝唱，有了表不完道不尽的动人故事。

我曾有感这奇山异水，自撰一联，道是：

脚踏三省腹藏三教一山分三水；

屈吟九歌杜咏九韵两圣归九黎。

上联讲的是黄龙山。黄龙山雄踞幕阜山脉中段，正是湘鄂赣三省边境，站在山脊的分界线上，真的一脚踏进了三省土地；山的分水岭恰好分出三条江河，分别为注入洞庭湖的汨水、注入鄱阳湖的修水、注入陆水湖的隽水；山中自古高人云集，才子纷至，最显赫的就是儒释道三教齐集，兴旺时各类书院、寺庙、道观多达一百余座。下联讲的就是汨罗江。江虽不大，却有两位文学圣人在此安息，杜甫在江之头，屈原在江之尾。因幕阜山区为古三苗九黎地区，"黎"又代指黎民百姓，两位先贤都是忧国忧民的诗人，最终也都魂归九黎，回到了人民群众之中。

有一个千古悬案，在故乡流传甚久，听说还引起了江西省政协领导的重视，开设课题，组织人员进行了调研。这个悬案就是：屈原究竟是从哪里跳入汨罗江的？有传说是在修水县的水源乡，即汨水源头。也就是说，他从一个水急流深名叫"蟒洞"的地方抱石跳水，尸体直漂到平江县以下江面才被发现，但因时间太久，已无法打捞，沿河百姓便只好包粽子丢于河内，划龙舟搞出动静，引开鱼虾了。

我想这个说法不一定就是天方夜谭。屈原流放之地乃是楚国的边陲，我的故乡幕阜山区一线，应是楚国最边上的了，所谓"吴头楚尾"，其接壤之处正是此地。湘赣边的修水、平江一带，又是屈原宗族芈氏的发源地罗子国，把他放逐到这里极有可能。汨水源头山深林密，地处偏远，神秘莫测，一个心忧天下力难回天的朝中流放重臣，在这种地方产生绝望轻生的念头很符合情理。

蟒洞处在崇山峻岭之中的一条山涧中段，两边悬崖峭壁，中间一条溪流，从上游看去平平缓缓，到得水流尽头，才轰然跌出一道瀑布，瀑布下面是一个大潭，人称"蟒洞"，光这个名称就很吓人的了。这洞里的水不知有多深，潭水转着漩涡，撞破山崖，从洞口涌出，刻下许多惊心动魄的景观。

蟒与龙蛇同类，于是人们就认为这里是龙王爷的居所，也有说是孽龙洞府的。山里人甚至津津有味地传颂着，说这泉神可真神，穷人家办红白喜事，能到这里"借"到碗筷瓢盆，还绘声绘色说都是金银制品，光灿耀目，人间鲜见。而心眼不好的就借不到，若是有贪心，借而不还或少还，那就要染病遭灾，不得安宁。甚至有名有姓地传出某某人曾经藏匿了一只金杯一双银筷，病得死去活来，久医无效，最后还是请和尚道士做了三天三夜道场，化了好多纸钱，归还原物，方才脱了一难。人们每每谈及，都会露出一副像煞有介事的神情，无不充满敬畏。

我总是以为，一个地方风俗的好坏，不能以虚实来衡量，而要以有益或有害来区分。凡是出于善意可用来教化民众的，都是好的，都不仅不能否定，还要大力弘扬，以多种形式加以推广。

有考古学家断言，屈子祠应建在水源。就在离水源不远的一个叫东皋的地方，至今还有纪念屈原女儿的"一圣仙娘殿"。一圣仙娘，就是屈原之女纬英。相传，屈原生有五女，长女纬英常常为百姓祛除灾凶，治疗疾病，解救痛苦，深得当地百姓爱戴。也许是随父流放来到这里，到了"女大当嫁"的年龄，与一冷姓男子结为夫妻了吧，反正后来被当地冷氏家族奉为家神，不仅修建了一圣仙娘寺庙，还始创了一座圣仙娘花灯，以此纪念屈原父女。至今该庙香火异常旺盛，许多善男信女到此焚香点烛，化符奉水，用来消灾治病。一圣仙娘花灯也成为颇具特色的传统文艺形式，在当地流传开来。

而汨水源头那个蟒洞，现已辟为旅游热门项目——漂流。这里的漂流，因屈原悬案的故事，增添了神秘色彩，且又处在深山峡谷，水大流急，百转千回，险象环生，充满了挑战性。又因是独一无二的"一漂跨两省"——从江西下水到湖南上岸，更引起了人们的极大兴趣。每年夏天一到，前来探险和漂流的游客络绎不绝。

二

站在山岭上环望水源，我总有许多疑问。这里虽是偏远山区，蛮荒之地，古时却出了一个大名人，他就是南宋的才子戴石屏。当然时过境迁，如今水源戴氏一族已无踪迹，全换成了朱、卢、王、陈等族了。每年清明来祭祖的，都是来自远方的戴氏后裔。但戴石屏遗留下的人文景观却千年不朽，至今光彩夺人。

走鸣水洞进入水源，最先呈现的是贡门，我未曾考证，不知为何叫这个地名。我只知道古代有贡院一说，那是乡试、会试的场所，开科取士的地方，应与此无关。或许寓意进入贡院之门，寄托了戴石屏一个愿望，期待水源儿女走出山去都能进入贡院，考取功名？也未可知。过了贡门，便是绣花墩，传说是戴石屏的千金小姐绣花之所，环绕绣花墩的当然是一个大花园了。现在这里所在的村，就叫绣墩村。往里走约二里地，便到了戴家大庄园，过去叫什么无从考据，现在这座大屋叫圣学屋。圣学乃圣贤之学，可见其文化底蕴之深厚。圣学屋的东西两边，是戴家的两个大花园，园中遍植花果，间掘荷塘，亭台隐现，流水潺潺，亦是两处绝好风景。

戴石屏有诗曰：

乳鸭池塘水浅深，熟梅天气半晴阴。

东园载酒西园醉，摘尽枇杷一树金。

如今在乳鸭塘流连，到东西花园顾盼，总会情不自禁地吟咏这首绝唱，缅怀远去的先贤。

戴家大屋对面的山沟里，有山泉蜿绕而出，近山口处，形成一小潭。小潭两边山峰高耸，古木参天。小潭周围是光滑的石头，造型各异，错落有致，分布上下，甚为幽秘。这里为"水源八景"之一，名叫"九曲池"。小时候我们进山砍柴，总在这里歇脚。累了，坐在石板上，任清风拂面；渴了，掬一捧池中水，享甘泉润心。只可惜后来在这里修建了一座水库，把一处风景埋入了地下。所幸的是水库之上，那座戴石屏墓尚未被淹，安好无损地坐卧在灌木丛中，俯视着水源的沧桑变化。

三

作为一个背井离乡的游子，几十年来我不断在念叨着故乡，因为我的故乡委实太偏僻，偏僻得令人窒息，地上地下又无资源，所以一直发展不起来。记得我离开的时候，走到山口，曾转身回眸，对着那个山坳深情一瞥，那一瞥里，既有自己终于逃离苦难之地的庆幸，更有对此地穷乡僻壤难以致富的无奈。从军从政数十年，我回乡探亲从未在乡政府吃过一回饭，这倒不是我有多廉洁，更多的是不愿进那栋二层楼的旧房子，一见就伤感。因为我当兵出去时，就是在那里吃送兵饭的。四十多年了，那房子早已破败不堪，可却无能为力新建，换了好几任乡领导，都望而兴叹，直到前几年才勉强盖了新楼。我曾经对那位书记熊健旺刮目相看，尽管他当时为此背了几十万的债务，可毕竟在他手上做了件大事，说明山乡还是有发展的，给山里人点燃了希望。

去年回乡时，熊书记已调走，接任的是一个年轻人，名叫胡阳，小伙子很精干，说话快言快语，办事雷厉风行。与他搭档的还有一个女乡长，名叫邵艳艳，是从湖北考过来的，楚女风范，秀外慧中，青春靓丽，楚楚动人。两人都在水源乡工作多年，对这里的一山一水、一草一木都充满了深情。胡阳说，眼看着山外面风起云涌势不可挡，水源人只有羡慕、着急，自叹弗如。现在，水源的机遇来了，在它的西面，湖南平江的石牛寨景区已成气候，游客纷至沓来，每年旅游收入已过亿元。北面是黄龙山景区，山顶风景连同山下的黄龙寺、太清温泉，正在形成一个整体开发态势。水源正好承接这两头，通过打造自身独特的景点，让两头的游客延伸到水源，打开三省旅游通道。水源乡已经确立了以文化带旅游、以旅游促乡村振兴的思路，做出了规划，有的项目已付诸实施。他说他在水源定要有所作为。看到他那异常坚毅的眼神，我似乎看到了水源的光明前景，

机遇往往很会捉弄人，一些地方看似条件充裕，却没有机会发展；而另一些地方，眼看山穷水尽无路可行，发展的机遇却不期而至。和许多山区一样，水源以前藏在深山，跳不出贫困，看不到出路。随着交通、信息的发达，随着旅游热的兴起，随着乡村振兴步伐的加快，如今大好机遇终于不期而至了。我想，胡阳他们为官一任，如能为当地的发展、群众的致富开辟出一条新路，那真是功德无量的大好事、大作为。

卷

三

Volume Three

取 景

  如今城里人旅游，一个共有的习惯，就是喜欢拍照。以前受到照相设备和技术的限制，多数人只能望"景"兴叹，徒羡摄影家的作品。现如今手机的照相功能十分了得，像素不断提升，且人们无须学习专业技术，傻瓜都能拍得呼呼叫。所以到了风景区，或是遇到新鲜事儿，人们便纷纷高举手机，好像承担了重要任务似的，拍个不停。城里人看腻了钢筋水泥，见到山里的风光，恨不得用照片把手机撑死。

  山里的风景真的很多很美，无论是巍峨的山峰，还是潺潺流水，抑或一草、一木、一沙、一石，都是那么生动那么多姿，叫人如获至宝，不忍放弃。

  拍山里风景，自然离不了村庄。我总是忆起幼时的故乡，山根脚下，田园尽头，便有或大或小一个村庄，村前是静静的水塘，村后是茂盛的竹林，村头还会偶见一两棵硕大的樟树，那是乡亲们端着饭碗相互夹菜聊天的场所，也是孩子们打闹嬉戏尽情成长的地方。那磨得发亮的树干树枝，和树底下踏得板扎的土地，正是老爷爷口中刻下的动人故事，和孩子们用天性写下的宝贵作业。特别是家家户户屋顶瓦片上飘出的炊烟，洁白温柔，依时而现。或袅袅上升，腾空而起；或摊开一片，依偎铺陈。烟飘之时，便有阵阵饭菜的香味，扑鼻而来，闻之味蕾顿开，别有情趣。不管日子是苦是甜，生计是难是易，那一代接一代的农家人，就是那样接续着各自的香火，传承着特有的文化。

那图景存在我的心里，挥之不去，抹之不掉。

人的秉性总是趋美避丑。比如选址建屋，自古以来就是依山傍水，坐北朝南，讲究视野开阔，风景秀美，树木掩映，鸟语花香。房屋建筑也是青砖黛瓦，画栋雕梁，地域特色彰显，南北风格各异。每想到这等景致，脑子里总是浮现出古人的绝佳诗词，如"绿树村边合，青山郭外斜""枯藤老树昏鸦，小桥流水人家""千里莺啼绿映红，水村山郭酒旗风"，还有"远上寒山石径斜，白云生处有人家""红叶满寒溪，一路空山万木齐。试上小楼极目望，高低。一片烟笼十里陂"等等，便会陶醉其中，不能自拔。

陶醉在怀旧之中，总是有些悲凉沧桑的感觉。因为怀旧的起因，无外乎是失落。美好的东西令人眷恋，一旦失去了，便成了永恒的怀念。一如这山村的美景，在我们这个文明古国，传承了数千年，不料现如今却如风卷残云、水冲沙坝，竟然消失得踪影全无，即便在哪个地方还有那么零星半爪，也是摇摇欲坠，苟延残喘。出现在手机取景框里的，变成了无数的小洋房。这些屋子模仿城里的别墅，却又缺少别墅的建筑风格，也毫无别墅所拥有的花园小景，更遑谈别墅应有的精致文化。它们站上了乡村舞台的主要位置，杂乱无章，连绵成片，大量占据良田，紧靠乡村公路，合面而建。残存的一点老屋被挤压在角落里，看上去是那么落寞那么无奈，有的干脆把它改成家族的祖堂，倒也别出心裁，稍见屐痕。

这真是令人哀叹的事。

光阴的速度总是很快的，快到人的思维怎么也跟不上。这几十年的变化，就令几乎所有人都瞠目结舌。从城乡建设的角度看，最大的"收获"就是抹掉了所有的地方特色，变成千篇一律，千人一面。走到哪个城市都是高楼大厦，你拥我挤，好不壮观。现在又轮到农村了。农村人先是拼命往城里挤，但那个门槛委实太高，不少人还是独力难支，挤不进去，只好还是无奈做个农村人，可那心里总是有个结解不开，于是便踮起脚向城里人看齐。以前农村人用稻草石块擦屁股，看到城里人用纸了，他们也跟，可等到他们用纸擦屁股的时候，城里人又用纸擦嘴了。以前农村人自己种菜，看到城里人买菜吃，他们也不种了，也去买，后来看到城里人在屋顶上种菜，这才醒悟过来，知道买的菜不环保，还是自己种的好。我每每看到农村人学着城里人，早上走路跑步，晚上放个音乐跳着广场舞，搞出一身大汗，我就对他们说，城里人没有土地，只能搞这些活动，农村的地都在撂荒，你开出一块来，种点菜种点粮，这样的锻炼与劳动合为一体，一举两得，远胜过走路跳舞啊。你看那些大同小异的房子，全是粗糙的平顶方块，简直破坏了秀丽的山水景色，就像在水墨画上乱笔涂鸦，不都是邯郸学步似的跟着城里搞的吗？

我多次站在老家祖堂门前发呆。过去我的祖堂是一座典型的山乡村落，后来随着家家户户新房的盖起，老屋很快便搬空了，成了"空心屋"。很快又一间间地倒塌，最终被拆除，只留下一个共有的祖堂。若不是搞了点资金进行整修维护，这个唯一可供族人集中办事的地方，恐怕也已不见踪迹了。我试图找个责怪的对象，可很难找到。看到那些杂乱无章地建在水稻田里的幢幢小楼，我想责怪父老乡亲，可他们有错吗？老屋虽好，但有许多是阴暗潮湿的平房，凡是有条件的，谁不想改善一下居住环境，享受"楼上楼下电灯电话"的舒适生活呢？何况他们要盖房，地基是要乡镇政府批准的，还要付出一笔地基费呢！记得在20世纪90年代中期，我曾经建议乡里的领导，对农村房屋建设做个整体规划，在中心地段集中建房。除了现有可供建房的土地外，沿山梁辟出梯形地基，既可弥补农民建房之需，又不占用农田。然而当时的乡政府也是一贫如洗，竟到了赊欠餐馆的饭钱都无力偿还的地步，搞得来了客人餐馆拒绝接待，试想何来财力投入基建？等到财政状况好转了，却已生米煮成了熟饭，只能望"屋"兴叹了。

我总是想到过去有一张新农村建设的宣传画，画上配了一首诗，记得几句："八字头上一口塘，两边开渠靠山旁。中间一条机耕道，新村盖在山坡上。"我就想，那是一幅很符合江南丘陵山区特点的新村蓝图，即使不能千篇一律，也应该因地制宜，依山傍水，参考这张蓝图做好规划，最起码不能把基本农田占用了。不知为什么那个设想一直停留在纸上，江南山村，还是"风景旧曾谙"，叫人"能不忆江南"？

于是我又想到了秩序。

行走在山乡，我常常怅然若失。衡量社会发展好差的重要标志，就是社会秩序。社会秩序的遵守，需要科学合理的管理，管理得当，社会才能依照客观规律，有条不紊地发展。至于依靠人们的自觉，几千年的历史已经反复证明，是极端靠不住的。而秩序一旦被打乱，人们的思维惯性便难以止步，会朝着无序的、破坏性强的方向下滑。一如现在的乡村，杂乱无章已成既成事实，乡村美景已被破坏殆尽，要想推倒重来已是不切实际的幻想，只是盼望赶快刹车，坚决停止占用良田建房，保住子孙赖以生存的一点可怜空间。至于承载传统文化的那些老屋、古村，我们就只能站在废墟前伤心哀悼了！

我举起手机，只见取景框里满是惆怅，一片迷茫。

汤罐哩

山是有温度的，这一点我坚信不疑。

小时候躺在山野草窝里，总是有一种躺在父亲怀抱里的感觉，似乎听得到山的心跳，感受得到山的体温，心里异常舒服且异常踏实。抬眼望望太阳，太阳也在看我，笑眯眯的，不知它在笑什么。常常这样对视一阵子，我就迷迷糊糊地睡着了，不能不承认，那是一种幸福的时光。

后来到了汤罐哩，我愕然想起，太阳一定是在笑我无知，抑或笑我太容易满足了。因为在山的身上，除了无处不在的体温，还有从身体深处喷发出来的热能，源源不断地输送给大地。原来山的温度还是因时而异的。天热的时候，它给人送来凉爽的泉水；到了寒冷的冬天，却有一泓温泉供人类尽情享受。我于是经常慨叹，山啊，光用"雄伟""峻峭""伟岸"之类的词语，如何概括得了你的胸襟？

显而易见，汤罐哩其实就是一处温泉，地址就在黄龙山下的太清塬里。温泉在各地的叫法不同，比如江西宜春就叫"温汤"，而云南腾冲则叫"大滚锅"，湖北咸宁称为"沸潭"。作为一种地热资源，温泉在世界各地数不胜数，当然其质量优劣不同，符合泡澡疗养条件的也不一定很多。据地质部门资料，太清汤罐哩的地下水水温高达83摄氏度，且氟含量、氡含量均超过了理疗热矿水水质标准，对人体皮肤、肠胃、心血管等都有辅助治疗效果。当然这些都是后来公布的，老百姓并不在意，他们就知道在这里洗个澡非常舒服，皮肤光溜，浑身舒爽，心旷神怡。要是有个小感冒呀，伤风头疼呀，或是长了个小疖子小疹子呀什么的，泡几回澡，一准会好。正因为此，这个汤罐哩名扬远近，每到冬季，不仅本地的，还有来自江西修水、湖北通城、湖南平江等交界地的人们，也都纷纷结伴而来，享受这大山赐给的恩惠，以泡个澡为人生之一大快事。

以前的汤罐哩很简陋，用现在的话说是很原生态的。也就是在温泉眼之处，用石头围起一个大水池，足可供上百人洗浴。穷乡僻壤，又无人投资经营管理，就这么一个水池，前来泡澡的人也就只能将就应付，无论男女，同塘共浴了。其实就像现在很多温泉，建造了好多个池子，还冠以许多药用、美肤、养颜之类的美名，让人们随意泡洗，不是也不分男女吗？可在过去，汤罐哩男女共浴的情况却渐渐流传开来，以至越传越走样，变成了隐晦而神秘的一种风情，给一个好端端的地方蒙上了一层不光彩的灰尘。

我第一次到汤罐哩泡澡，是在一个雪后的早晨。

那还是1980年，正是改革开放初期。春节前夕，我从部队省亲，到岳父家小住。一连数日，天气出奇寒冷，彤云密布，朔风怒号，正是酝酿降雪的阵势。果然一日早起，推开门户，但见一片皆白，就像是老天爷给大地盖了一床棉被，无论田野、村庄，抑或山峦、树木，一律依其高低走势，掩护其中。雪似乎下累了，她们躺在山地上，露着洁白的肌肤，是那么清静安然。天地还是灰蒙蒙的，但显得很清新很开朗，毫无压抑之感；旷野里万籁俱寂，只有一些屋顶的烟囱里冒出的炊烟，仿佛在抚摸着洁白的雪野，昭示着雪后的生机活力。见到雪霁，五哥便邀我去泡温泉，说这样的大冷天，泡澡最舒服。于是早饭后，兄弟几个便踏着雪，朝汤罐哩走去。

汤罐哩处在一条小河边上，背靠一座独立山头，名叫"苍龙寨"，山虽不大，却很陡峭，位居要冲，十分险峻。远远地，就见山下一股水汽不断冒出，缠绕在山的上空。五哥说如今的汤罐哩变样了，进去要买票了。我一看，以前那口大水池还在，但不准在里面泡澡了，水池前边，新盖了一排小木屋，一道简易栅栏横在路上，不交钱的不得进入。我心里顿感纠结，一时难分对错。从前那口水池，泡澡的人自由进出，反正是大自然的产物，是山的赐予，不是谁都可以享用吗？

我脑子里突然蹦出"剪径"俩字，想起了那句"此树是我栽，此路是我开，若要从此过，留下买路财"的话来。可古人云"盗亦有道"，剪径者也得开了路、栽了树，方可在那儿举起两把板斧，或是腰间拔出砍刀，大叫一声"呔"吧？

自那以后，我就好久没有再去汤罐哩泡澡了。

对于故乡而言，一个背井离乡的游子，其实就是一个过客。几十年来，我很少回望故乡，脚步总是在坎坷途中奔波跋涉，足迹遍布世界各地，当然温泉也见得不少。印象中，最远的是冰岛的蓝湖温泉，最高的是贡嘎雪山的海螺沟温泉，最险的是有着"地狱之门"之称的新西兰罗托鲁瓦地热公园。虽然这些只能说明跑了很多地方，并无可炫耀之处，可偏偏家门口的这一口温泉却无暇顾及，以至阔别有期了。可见乡情亲情，说起来简单，内中有多少复杂的含义啊，它包含了爱恨、喜忧、进退、繁简，包含了游子对故乡所有的珍惜与期待。不管怎样，随着时间的推移，心中对故乡的牵挂，总是少了责怪，少了苛求，多了歉疚，多了思念。我想这也是落叶归根的表现吧，所谓"乡愁"，不就是这样产生的吗？

于是时隔多年，我又想起了那个汤罐哩，想到那里去尽情地泡一次澡。我在脑子里时常幻想，汤罐哩也不知变成了什么模样。我很怕像有的地方那样开辟出若干个温泉洗浴中心，使老百姓望而却步；更怕像有的地方那样大搞起了房地产开发，利用温泉抬高房价大发其财。因为一处良好的自然资源，如果只是富了少数人，大多数人没有得到好处，就绝不是什么好事。"一花独放不是春，百花齐放春满园"，那才是我们的追求啊。

到得苍龙寨下，发现汤罐哩倒是没有我设想的那些变化，不过眼前的情景并没有使我兴奋起来，甚至同样令我沮丧。过去的小木屋不见了，栅栏也拆除了，换成了好多家"温泉旅馆"，都是附近农民批了田土，盖起的小楼，东一栋西一栋，接通温泉，坐地赚钱。其实温泉资源远远没有用完，大量泉水从开挖处流出，蒸发着气雾，流向田野，流向小河，白白浪费。这只是地上的，地下的就更多了，据说地下温泉水脉有十几公里远呢！我想这汩汩流淌的暖流，这巍巍大山的馈赠，人们难道就这么不领情吗？

站在山口，环顾太清塬，我的心情是异常复杂的。几十年来，山乡变化确实很大，不过不是我想象的那种青山绿水秀美新村。山还是那山，水还是那水，可山下那些村庄变了，变得杂乱无章、拥挤不堪了，过去是依山临水的青砖瓦舍，现在是横七竖八的平顶楼房，最令人痛心疾首的是山里那点宝贵的基本农田，已被不断蚕食，所剩无几了。五哥说这里从来没有人为他们做过规划，只要交钱就能批到土地。几十年了啊，虽然后来有所遏制，但大势已去，乱象已定，无法挽回了。想这几十年的风雨兼程，山里人究竟收获了什么？是年复一年、代复一代外出打工？是口袋里朝不保夕、坐吃山空的那点小钱？抑或是眼前这一栋栋坐落在基本农田上的粗陋小楼？我似乎看到了牌桌上聚集的白头翁，看到了床榻上待医的老病妇，看到了放学路上蹦蹦跳跳的孩童们。在他们的背后，隐藏着多少岌岌可危的巨大压力啊！为什么没有一个机制，帮助他们从根本上改变这个面貌，走出困境，走向坦途？我猛然想起了宏伟的"乡村振兴计划"，如果利用温泉资源，打造一个"特色小镇"，把这偏僻落后的山区建设成为现代化的新农村，让山的温度惠及家家户户，再加上以良好的自然环境、丰富的人文景观，开发乡村旅游，让广大百姓都能得利，那该多好！就不知这个太阳的光辉，何时能够照耀到偏远山区？

我自是不想去泡澡了，兀自站在苍龙寨下，望着黄龙山。黄龙山真的是座好山，千百年来，它以其宽广的胸怀，容纳了所有藏身于斯的生灵，它以其甘甜的乳汁，养育了方圆数百里的百姓。尽管在它的身边，不断在上演着悲剧喜剧，不断有善良和邪恶在斗争、在较量，它的身姿依然是那么沉稳，它的面容依然是那么慈祥。即便万劫之后，你只要能见到它，你就会感到温暖，感到心安，感到浑身充满力量。

一阵山风吹来，带来了丝丝凉意。我这才发现，太阳已经落山了，是山在提醒我：天不早了，该回家了。

蕉洞小记

一

提起"蕉洞"这个地名，不由得想起《西游记》，想起芭蕉洞、铁扇公主、火焰山。少时读书至此，总是为火焰山周边的那些百姓担忧，他们不知道在那火热难熬的鬼地方生活了多久。假如唐僧师徒不去那里，还有没有谁去过问他们、帮助他们走出困境？像牛魔王、铁扇公主之类的妖魔们，是宁可手中的芭蕉扇空着，也不会想到行点举手之劳，救救可怜的百姓的。

我不知道幕阜山脉为什么有那么多的地名与著名故事中的相同，比如"麦市"，与关羽败走的麦城仅一字之差，而且边上还有叫"关刀"的镇子；"昭关"就更奇了，虽然天下人都认为昭关在安徽含山县，含山的旅游业也做尽了伍子胥的文章，但修水县的古市镇，确确实实存在着一个叫"昭关"的关隘，关隘附近的村庄就叫"东皋"，戏文里的"东皋公"，不就是东皋的老人吗？而这个蕉洞，古往今来却并无芭蕉生长，当然离火焰山也是十万八千里。山洞倒是不少，里面有没有妖怪不得而知。

蕉洞其实是一个行政村，位于黄龙山麓，百把户人家几乎全散落在山塅、山坳、山窝里，屋檐瓦角在翠竹丛林的掩映下若隐若现。清晨的炊烟袅袅升起，一点点悠闲上飘，汇入山腰的云霭。绕着村庄的是一条依山蜿蜒的小溪。

二

一阵摩托的轰响，打破了山村的寂静。

开车的是一个瘦高个，四十出头。他开摩托的动作干净利落，从厅堂一跃而出，在地场画一个圆弧，转身冲上水泥公路，飞一般地拐出山脚，留下一溜烟尘。

年轻人的姓名我至今不知，只知道人们都叫他"天吊筋"，虽然这是个不太雅的外号，但大伙儿都这么叫，叫惯了，连他自己也承认了。天吊筋其实长得一表人才，瘦削的脸膛上，一双细长眼十分机灵，说起话来眉飞色舞，以极快的语速表达出对事物的看法，虽不免有所狡辩，却可见其敏捷的思维。我曾经在地场乘凉时笑说，假如我在部队当首长时遇到他，肯定会把他挑去当警卫员。可他在当地确是有名的调皮蛋，授予他"天吊筋"的美名，主要还是对他的贬称，要说含有一些褒义，那就是他的有些恶作剧，倒有些匡扶正义的味道，能为人们出气解恨。

天吊筋玩摩托在蕉洞一带是出了名的。

去年他搞了一个网恋对象，他戏称为"网购"。今年春节期间，网恋对象要到他家来玩，说是玩，其实是要来考察一下他家的情况，山里人叫作"观门房"。他的网恋对象家在湖南，那时正是新冠疫情最严重的时候，怎样才能把网恋对象接进来呢？

苦苦思索，他只好叫她先乘火车到九江，他自己开着摩托到九江接她。从蕉洞到九江，走国道、省道，足有六百里地，两人顶着刺骨寒风，骑行了整整一天一夜，到家门口时，那女的已冻得浑身僵硬，连车都下不来了。这种"摩托爱情"，已经近乎生死恋了。

天吊筋还曾经用摩托撞过两次乡镇干部，一度引起了轰动。当然能激发一个普通农民冒险用摩托去撞他的，应当是"极少数个别"的了。一次是在小镇的集上，他一见到那个干部就火冒三丈，于是一头撞去，结果该撞的没撞到，却把一个七十好几的老汉撞死了。搞得天吊筋的老娘披麻戴孝，在别人家里叩了三天的头，扯起嗓子哭了三天的爷，才换来被害者家人的宽恕，将天吊筋问成个过失罪，免了刑事处罚，罚款几十万元了事。两年后的一天，他骑着摩托正行驶在路上，迎面又遇到了那个干部，那个干部不知在谁家喝了酒，骑在摩托上歪歪扭扭的，天吊筋只抖了下龙头，对方就摔进了港下沟里，右臂粉碎性骨折。派出所的民警要抓他，他说你们闻闻那个干部的嘴里，酒醉醺醺，不知又在哪里喝酒了，一天到晚搜刮百姓，胡作非为，连个摩托都骑不稳，明明是他撞了我，还要倒打一耙吗？那个干部百口莫辩，只好认栽。

喜欢骑摩托的天吊筋，虽然在外面"戏得活"，但乡亲们却不是很嫌他，甚至更多的是对他感兴趣。"咯崽哩对人好，"村里老少爷们总是这样说，"从不害人。"还有就是评价他的人品不错，不偷不抢，不打架不伤人。虽然喜欢在外面"戏姑哩"，至今也没有正经成个家，却没有发生过恋爱婚姻上的纠纷，他还津津乐道地向人夸耀说："信不信？我在外面的儿子有四五个呢！"

不过这一天，天吊筋不是出去骑摩托兜风，也不是要去找人寻衅闹事，而是有件紧急事情要找人摆平。

三

房地产的发展，特别是城镇化的飞速推进，给山里人带来一个意想不到的问题：沙不够用了！因为修路盖房量大，制造混凝土的沙子需求实在太多，那些小河小溪里本来就为数不多的存沙，十几二十年便被掏挖光了。无奈之下，人们只好利用这里多为白沙地质的特性，挖山运土，从土里掏取沙石。虽然沙子的质量远不如河沙，但尚能将就着使用，不仅当地，就是附近三省九县的县城，也有建筑商前来购买。一时间挖机铲车轰鸣不止，运土车辆络绎不绝。此种现象一露头，立马引起了地方政府的高度警觉，须知这种搞法破坏性极大，如不及时制止，很快就会到处山体裸露，水土流失，好不容易建起来的新农村，就会变成"破农村"，造成不堪设想的恶劣后果。

于是政令一出，四方皆静。村干部坐地监督，乡镇的林管员、土管员、驻片干部、领导干部乃至派出所的干警等，四处巡查，若有胆大妄为者，一律严惩不贷。

这样一来，却又愁坏了那些机械车辆的拥有者。他们都是一些山乡里有文化有头脑的中青年人，外出打工多年后，总想回乡创业，落叶归根。他们发现农村的基建方兴未艾，便倾其所有，外加借贷，购买铲车、挖机或农用运输车，加入农村基建队伍之中，以求分得一杯羹。不料刚一起步，就碰到这么个始料未及的难题。本来事到如今，乡下各种公路桥梁已经饱和，城镇扩建难以为继，就连农民建房也大不如前，此时投资这一行，真不是时候，可惜农民的眼光本就不远，又苦于没人点拨，看到先行者有赚头，立马有不少人跟风，就这么糊里糊涂一起掉入了坑里。这些机械几无用武之地，眼看一家人坐吃山空，借贷还款压力巨大，叫人如何是好？

天吊筋就是这群走霉运者中的一个。

天吊筋思谋了好久，与本村的三弟一起，巧立了一个"承包山地种药材"的名目，办齐手续审批通过后，便开始了挖山。他们知道，种药材投入大，技术要求高，利润微薄，本想借此机会赚点卖沙土的钱，以养活家人，还有自己手上那台沉重的机械。不料刚一开工，就遇到了天大的麻烦，原来四邻八乡，像他们一样持有这种机械的人很多，消息一传开，立马引来了十几台机械车辆，都是不请自到，都要进来赚点钱。天吊筋和三弟想，都是乡里乡亲的，平日里抬头不见低头见，总不好意思把人家推走吧。于是那天，天吊筋的工地上好不热闹，真个是人来车往，机声震天，特别是那些笨重的农用运输车，堆着满满的沙土，摇晃着高大的身躯，发出震耳的轰鸣，往来于乡间的马路上，十分显眼刺耳。很快，镇里村里的干部陆续赶来了，说是影响太坏，不论有何理由，责令他们立即停工。

这下天吊筋没辙了。

平时天吊筋鬼精鬼精的，是乡村干部拿他没辙。就说这挖山运土吧，别人不敢，他却想出了一个"屎主意"：他自己盖房，共盖了三层，他将第一层、第二层盖好，自己入住，第三层却不封顶，做成个烂尾楼。每当他偷运沙土被抓时，他就说是自己盖房用，带着人来看，果然正在施工。"难道老百姓自己盖房也不能挖沙？"他理直气壮地说，搞得别人哑口无言。等到抓他的人一走，他就把沙土悄悄地运走了。这个主意用了多次，竟是屡试不爽。

天吊筋说他这是夹缝里求生存。他说他是很蛮，但他有底线，"毒人的不吃，犯法的不做，别人无奈我何"。说起这些，他总是手舞足蹈，颇为得意。

他万万没有想到，这种打擦边球的事，以前小打小闹影响不大，容易混过去，可若是把事情搞大，那就是"人心不足蛇吞象"，反砸了自己的锅。

四

天吊筋有几天没来我们家门前坐了。

平时天一抹黑，只要我和五哥往地场边屋檐下一坐，总会有邻居陆续踱过来，然后五嫂就泡好麻子菊花茶，一盘端着，送到每个人面前。人们喝着热茶叨着天，度过一天中相当惬意的几个小时。

天吊筋离我们家远一些，也是每天骑着个摩托，飞一般从蕉洞下来，铲到屋檐下，拎把椅子，坐下瞎叨。

这几天因了挖山的事，估计他是"摆平"去了。

"摆平"的意思不言而喻，不就是拉关系吗？这已经是神州大地妇孺皆知的事了。可在当今反腐倡廉如此高压的时代，每当媒体爆出"大老虎"落网的消息，我总是百思不得其解，惊叹官场上腐败分子为何如此之多，他们的贪心、"腐胆"为何如此之大。而到了社会底层，又发现一些"小苍蝇"们竟是如此猖獗，仍然是"不给好处不办事，给了好处乱办事"，甚至连一些普通百姓也学坏了，若要在他面前赚点钱，就要搞点"封口费"，否则他就去举报。

尽管如此，我还是多次以一个老者的身份，告诫乡人不要动辄"摆平"，遇事还是按政策规定办为好。可是说服力不大，他们可以举出一箩筐事例，比如孩子上学、看病住院、批地基盖房，甚至办低保、定精准扶贫户等，几乎都要靠关系，给"好处"，有关系的不该搞也能搞，没关系的该搞也搞不了。

我曾没事瞎琢磨，发现如今有两件事基本达到了公平。一件是医院的看病挂号。以前农民进城看病有多难？单一个排队挂号就把你难得半死，短的要一天或半天，长的几天都挂不到号，越是大城市越如此。农民等得难受不说，还要多花很多钱。很多农村人便不得不去找在城里工作的亲戚朋友，为其拉关系走后门，挂上号再进城。后来医疗改革，许多医院改用网上预约，这个问题便迎刃而解了。另一件是办低保。以前有的地方低保指标被一些办事的把持，有关系的不够条件也办一个，真正的穷人却办不到，所以农村出现了领着低保补助盖楼房、开小车的怪象。后来上面一声令下，必须做到"应保尽保"，意思是不管你以前怎么搞，如果发现村里有老弱病残致贫的没有办到低保，就要对乡村干部严惩不贷！而且必须对群众公开，随时接受举报。这样一来，那些毫无关系的老实贫困户，才获得了政府给予的最低保障。

如此看来，要克服不正之风，实现公平正义，也不是难于上青天，只要真心实意为老百姓办事，真正做到"以人民为中心"，就没有过不去的坎，没有撑不起的天！

反正对于我的话，天吊筋根本听不进去，说若是按您说的做，我恐怕早就饿死了！我只好摇摇头，叹口气，闭上嘴。

五

山村的夏夜，看上去总是那么静谧。月朗星稀，大地披银，群山默立，河水闪亮。墈中的稻田里，但见影影绰绰的禾苗，在微风的抚摸下，展现着摇摆的身姿，卷起层层波浪。此起彼伏的蛙鸣声，更增添了安寂的氛围。身处这久违的清净世界，我不饮自醉，斜倚在松木椅子上，闭目无思，竟悠然飘上了深邃的苍穹。

一阵喊叫声，把我从缥缈中唤醒。我这才发现身边已无一人，刚才纳凉的都不知跑到哪里去了。喊叫的是五嫂，似乎在高声责怪五哥，说叫他负责煮笋，却跑去看关菩萨，结果一锅竹笋烧焦了，差点引发煤气泄漏事故。

我闻声跑到后屋去，只见一户人家门前灯火通明，一群人静静地围在门口，在看打倡。打倡也叫关菩萨，好像就是跳傩舞，两个道士面戴傩具，手执法器，对着一个木雕的菩萨，一会儿念念有词，一会儿边唱边舞，菩萨前边还燃香点烛，烟火缭绕。围观的人群看得聚精会神，表情肃穆，神秘兮兮。

我慨叹于山区的无奈，时至今日，科学特别是医学已经高度普及，迷信活动竟然还是如此泛滥。山里人对鬼神的信奉无以复加，不仅过大的节日要打倡驱鬼，家里一有人生病就怀疑祖宗不安，或是被鬼魅所害，首选的不是就医，而是到老爷庙里烧纸装香，求神问卦，降水化符，或是在家里关菩萨、扶乩笔、出弟子。民间还到处流传着菩萨显灵，故事讲得活灵活现，有根有蒂。通过一遍遍地渲染扩散，又加深了人们对鬼神的信奉。许多疾病就是这样被耽误了治疗，造成病人病情恶化甚至死亡的悲剧。

在山里寓居的日子里，我目睹过一些佛事场景。老人故去了，子孙们都要为其做醮做道场，这已成为山乡枯燥生活中的一道色彩，周边的人们不仅为死者哀悼，也会兴趣顿添，觉得又有好戏看了。佛事的时间有长有短，一般是三天三夜，最长的要做七天七夜，好在如今有冰棺，否则尸体不知如何存放。我略微了解了一下七天七夜道场的程序，除去头尾两天为开灵、上山埋葬外，中间五天先后有接灵、念经、请水、扫荡、颁师、净坛、收兵接界、妥煞、观音经、请师回堂、升仙、祭车夫、打灯、赈孤、辞神、安土等，细细算来，共计六十一项，可见其复杂程度，委实难以想象。

这样一场大醮下来，几乎全村族人都要上阵帮忙，家家息烟，户户关门，都集中在主家吃喝，来往悼念的亲朋好友络绎不绝，每顿要开三十至五十桌，总共花费需要十几二十万元。而这种宗教加迷信的活动，有很多是脱离了祭奠亡灵的本意的，我琢磨基本围绕两大需求展开：一是和尚吹鼓手包括西洋乐队，都要想尽办法从孝子身上掏钱。尤其是"摸棺哭灵"一出，那个专门来帮助孝子哭灵的女人，本来与主家八辈子都搭不上，却好像死者真的是她父母，哭得死去活来，连围观的人们都有好多被感动了，竟陪着掉眼泪。我想以这种方式赚钱，真是世间少见。二就是"打剁嘴"。打剁嘴是当地"开玩笑"的方言，玩笑开到丧事上，也算是一大奇葩了。也难怪，几天几夜的时间，若是全要唱经念佛，念的会累死，听的也会拖死。于是就发明了许多荒唐节目，夹杂在佛事中间，像祭车夫、打灯、赈孤等，都是说唱一些男女偷情的故事，每说唱完一段，则是一阵锣鼓唢呐声起，围观的人们开怀大笑，插科打诨，场上欢声笑语，喔呼连天。这哪像是在办丧事？分明是一场节日的狂欢。

夜晚地场打讲中谈及这些，便有人叹口气，若有所思地说，山沟里太缺文化娱乐活动，除了牌桌麻将桌，也就只有这样的地方吸引人了。

想来也是，现在的农村，有谁在管事？有的只是些约束、惩罚，如罚款、没收、捉人等；或是劳民伤财的面子工程，如强制民房"平改坡"、统一外墙粉刷、填不完的表格报不完的材料等，都是做给上面看的，都是些形式主义。而真正服务农民、关心农民痛痒的事，却是凤毛麟角。农民处于无人管的状态，就只有自谋生路、自行其乐了。

难怪五哥看关菩萨会忘了煮竹笋的事了，听说那晚把竹笋煮焦了的还有退休的刘老师，他家的炉罐底都给烧掉了。

六

约莫四五天后，天吊筋又出现了。

那天是朔日前后，夜里没有月光，地场上黑黝黝的，只有满天繁星在头顶闪烁。我们正在东拉西扯，忽然一束车灯射来，随即一阵轰鸣，天吊筋骑着摩托，一个急刹车，停在边上，而后拉把椅子坐下，接过五嫂端来的热茶，嘬一口茶水，长长地呼出一口气。

“摆平啦？”三弟从椅子上欠起身，连忙问。

“当然摆平了，”天吊筋不无得意，“明天开工！”

“哦——”在场的人都为他们松了口气，纷纷表示关切，说，“那就好那就好。”唯有我感到很纳闷，不知道他究竟是怎么摆平的。天吊筋诡异地对我笑笑，伸出右手，大拇指和食指捏一捏，我便会意地点点头，心里却很不是滋味。

躺在床上，我横竖睡不着，心里总是想着那座被挖开的小山，那山似乎真的压在我的身上，压得我喘不过气来。

第二天，我还是找到了天吊筋，我说不管怎样，你们种药材的计划还是要坚持实行，山土挖走后，要平整土地，使之恢复植被。否则那块山坡就是大山的一块伤疤，会导致水土流失。天吊筋说一定一定，不几天，他就拿出了一份山地复垦方案，主要是开辟一块占地百亩的药材种植项目，边缘地角还规划了松、杉、油茶果等经济速生林的种植。他说赚钱是他生活的必需，设着法儿也要去拼，但是他的良心还在，不管人好不好，山是好的，他要对得起自己的良心，对得起故乡的山水。他请我放心，待到挖完沙土后，他会尽力维护好这一块生态，确保安然无恙。

我看着他的脸，脸是黧黑的，挂满了疲惫和风霜，那细眯的眼角，似乎又添了些许皱纹。我从他侃侃而谈的语气里，听出了诚恳，听出了度量。

七

盛夏时节，我爬到了蕉洞顶上。

蕉洞的地势，是一个由低到高的大山冲，最高处海拔近900米，是一个消夏避暑的好去处。住在里面，日间清风习习，梯田泛绿。坐于树下，捧着书本，听着森林里不时传来的"婆婆蝉"奇特的叫声。那一声声"差媳妇，差媳妇，祭夜壶，祭夜壶"的叫骂，夹杂着"吱——"的拖音，叫人觉得如泣如诉，不知这个前世做婆婆的灵魂，受了媳妇多少虐待，竟至如此恨之入骨。到了晚上，气温会降到二十摄氏度上下，不仅不需要空调电扇，而且还得盖上薄薄的被子，以防受凉。

　　我有时站在山岗上，放眼望去，蕉洞外边便是一片丘陵山地。这里的地质很奇怪，高山峻岭是红壤土质，长满了茂密的森林；丘陵地带则是白沙土质，有的还是未进化好的石山，看上去是石头，挖开来又是沙子，所以上面难长植物。也正因为此，才有开采出来用于搅拌混凝土搞建筑的价值。我有时真的怀疑这里从前是否就是火焰山？不过不知有没有被孙悟空扇过，反正现在那些小山包周围都长满了灌木，宽一些的山沟里还种上了庄稼，也有少许乔木掺杂其间。远望去红绿相间，与山边接踵逶迤的村庄一起，构成了一道道秀美的风景，叫人舒心惬意。

　　天吊筋的项目还在进行，从高处望去，有农用车辆从洞口驶过，车上装满了沙土，不过车辆很少，形不成气候。那座开挖的小山，也是边挖边填，整成新地，确是个复垦的架势。

　　看到这里，我忽然兀自叹了口气，自己也不知何故，脑子里蹦出一句话：

　　任何时候，都是农民最难！

与庙为邻

一

公元2021年，辛丑年。

新冠病毒仍在全球蔓延。及夏至，我从海南返赣，在南昌小住之后，决定仍取去年之计：回老家幕阜山区去，那里地僻人稀，空气清新，不仅避暑，且是避疫的地方。宗亲老吉闻知，来电说他在黄龙山上新盖了一座屋子，要我直接住到他家里去，我便"恭敬不如从命"，阳历六月底，就和老伴打道上山了。

老吉的新屋盖在半山腰上一个山窝里，名叫"大秧田"。说大，也就是屋前有一块一亩见方的水田，从前做田年年拿来育秧，在到处都是"巴掌地"的深山里，够得上"大"的了。倒是凉快得很，气温不到三十摄氏度，海拔九百米，恰是理想的避暑高度。还有一个特色，这座屋子的边上，竟有一座小庙，二者仅隔一个极矮的山梁，烟火相熏，钟鼓相闻，别有一番景象。

我对寺庙并不反感，我虽是无神论者，但对于佛道两家的许多论说还是非常认同的。特别是在当今极度缺乏信仰的形势下，年轻人在其他场合油盐不进，可穿上孝服，跪拜在父母遗体前面时，和尚道士的说唱却能直击他们的心灵。比如女性超生的法事，和尚就会唱念《血盆经》，把目连救母的故事绘声绘色地说给子孙们听，情到深处，不仅孝子们泣不成声，就连周围观看的人们，也会情不自禁地洒下泪水。而道士就会说唱一些诸如《二十四孝》中的典故，用以教育子女，忏悔不孝之过，劝导多行善事，以慰父母在天之灵。同时又影响了后一代，乃至所有在场的人们，灵魂都受到一次洗礼。每逢这样的场景，我都会想到"氛围"二字。说教总是苍白的，人类思维的趋同性，决定了氛围的影响力，社会营造出什么样的氛围，就会引导出什么样的心理。

放下行李，我就要老吉带我去参观那座小庙。

二

小庙真的很小，约五十平方米见方，主要面积就是一间大厅，外加两间耳房，一间是守庙人的住房，另一间是堆放香纸爆竹的杂物间。庙前悬挂一块木制牌匾，上书"四帝殿"三个篆字，厅内供奉的自然是四帝菩萨。

中国的庙宇实在太多了，儒家有供奉圣贤的宫殿，道家有端坐神仙的观庵，佛家的寺院更是星罗棋布，遍及城乡。即便普通百姓，也有宗族的祠堂，摆放祖宗牌位。由于三教的相互融合，你中有我，我中有他，有些寺庙里，佛陀与玉皇大帝同座，罗汉与天兵天将并列，人们不分佛、神、仙、圣，统称为菩萨，见到就烧香叩头，祈求保佑。

我常感叹，在中国做菩萨是最不容易的，无论是小如土地公公的庙，还是大到像五台山、龙虎山、曲阜孔庙之类的道场，那些大大小小的菩萨，看上去是在尽情享受人间烟火，其实那烟火里面包含的都是欲望。所谓祈祷许愿，无非是自己想要得到或避免什么，求菩萨保佑如愿以偿，且都是一些异常难办的事情，尽给菩萨出难题。你说想生男生女，夫妻俩的那点儿事情，叫菩萨有啥办法？想科举高中，你不好好读书，菩萨能奈若何？更有甚者，自己贪赃枉法，为富不仁，还要菩萨保他平安无事，真真岂有此理！我想假如让神仙菩萨们挑选，恐怕有不少是极不情愿来坐坛的。来了的也是姑妄听之，敷衍了事。你看庙宇里的菩萨，哪个不是眯缝着双眼，在信众面前打瞌困的？

　　老吉对四帝菩萨异常崇拜。后来我发现这山里几乎所有人都对四帝菩萨肃然起敬、笃信不疑。一个最集中的话题是"火搽药"，说如有人被水火烫伤了，只要用四帝菩萨降的仙水搽抹，即刻痊愈，立见成效，无论男女老少，屡试不爽。不过有个条件，只能专一信神，不能既用他降的水，同时又用其他药品，那样就不灵了。很多经典的例子，你碰到谁都能讲出几个。有一次我的一个远房亲戚，说双脚曾经被开水烫伤，烫得很厉害，当时有人主张请医生治疗，有人认为请四帝老爷降仙水为好，争论不休。她一咬牙，说一只脚医治，一只脚神治！结果医治的虽治好了，但留下来一块大疤；神治的当即止痛消炎，且没有一点痕迹。说着还当众伸出双脚，提起裤腿以正视听。我看到她的左脚确有一大块疤痕，右脚光溜溜的，看不出曾经伤过。我想又没有留下录像，搞不好当时就只烫伤了左脚也未可知。

　　反正，我就像听故事般地听着，不管真假，也不想探明真

171

假。在一个地方，人们笃信一个东西，总有笃信的理由。只是，如果在21世纪的当下，还有人受伤生病不去就医，而去求神拜佛，这就未免有点太尴尬了。

三

四帝殿的香火的确很旺，我住在隔壁，难隔几天听不到吵闹声的，常常半夜三更还有人从山下跑来，焚香点烛，叩头跪拜，直闹到天亮。特别是那些时断时续的爆竹声，总把我难得的清静梦境炸得粉碎。

令人忧虑的不是吵闹，而是求神者的目的。

在那一段时间里，我没有看到来降仙水做火搽药的，求神者主要还是求财。两种人最多，一是打牌赌钱的，一是买码的。现如今山区农民的主业还是外出打工，每年春节一过，大多数青壮年都远赴南方沿海去了，留下的一般都是老脚婆哩，做个亩把几分田，也是轻快不过的事，年头到年尾，有大量的空闲光阴无从打发，于是打牌买码两件事，就成了山民生活的常态了。

打牌当然是麻将和扑克。山里女人们玩麻将的较多，赌资不大，每天下来，也就是三五百元输赢的事，所以心理负担不重，一般不会去求神拜鬼。男人们就不一样了，他们主要是玩扑克牌"斗地主"，且不少人是玩大的，一上手就是数以千万元计，这就不得不引起足够的重视了，有输有赢方能维持下去，若输得多了，就有倾家荡产之虞。为了在赌场上保持优势，享有财运，他们便把希望寄托在菩萨身上，打牌之前，先备好香纸爆竹，到寺庙里三跪九叩，祈求菩萨保佑。买码其实也是赌博，那种地下赌博厉害得很，押中了是高达四十倍的回报，对买码者具有很大的诱惑力。一些贪欲大的人，每次下注都是竭尽所有，甚至不惜举债，以求一举暴富。受此心态驱使，求神拜佛便也成了他们填补欲壑的必然途径。

我自然不信鬼神，但好奇心总是有的，没事的时候便也会跑到庙里去凑热闹。看得多了，我发现那神也不是那么好求的。求神的途径无非两种，一是扶乩，一是打笤，答案都在一个"猜"字之中。扶乩是写字猜，安排两个人充当菩萨的"弟子"，请个道士念咒作法，道士一阵胡言乱语之后，"弟子"灵魂出窍，菩萨附体，鬼画桃符似的画出几个字来，让道士猜出答案。打笤是口头猜，两块劈成两半的竹兜丢在地下，面朝上是阳笤，背朝上是阴笤，一面一背是圣笤。若问祸福输赢，菩萨不能开口，全靠打笤人自问自答，问一次丢一次笤。也有问上几句就对了的，比如："今晚打牌我坐哪一方才能赢？"一张桌子总共就四方，那就一方一方猜呗。有时菩萨捉弄人，叫你四方都不能坐，你就不敢上桌。要命的是有些问题猜得天昏地暗，那笤就是打不转，急得打笤人抓耳挠腮。有一次某人打了老半天就是猜不准，眼看日落西山天近黄昏，我在边上都替他着急了，便叹了声气，说这菩萨忙了一天，也累坏了，你就别再问了吧。谁料一丢就准，再复一次又准，这叫"打得起复得起"，打笤人无可奈何，围观者连连称奇。

赌博一旦与迷信联手，就成了社会问题的疑难杂症，越往后越不好医治。

四

山里的小庙是没有固定的和尚道士，当然也没有勤杂人等，一般只有一个守庙人，人称"庙长老脚"。

四帝殿的庙长老脚名叫训启，看上去五十出头，五短身材，慈眉善目，寡言少语，老实巴交。他家住在本村一个叫"舍里"的屋场，离四帝殿有六七里山路。年轻时他也是南下打工，娶妻生子，家成业就。不料中途生变，四十岁时患了骨癌，一只脚不太顶力，走路一拐一拐，妻子于是带着一双儿女离他而去，再也没有回来。几年后，他力不从心，打不了工了，经一个道士指点，便去了画坪山里桃花尖上的桃花殿守庙。桃花殿历史悠久，供奉的是玄武大帝，香火很旺，远近闻名，他靠着香客们的部分功德钱维持生活，倒也吃穿不愁。我问他，怎么跑到四帝殿来了？因为我看到他在这里的日子过得很艰苦。他说是玄武大帝派他来的，他说去年春上的一个夜里，玄武大帝托梦给他，说四帝老爷住到他村里去了，需要有人照顾，叫他回去，说得有鼻子有眼的。不管你信不信，训启是信了，硬是从米箩里跳进了糠箩里。后来我想，真实原因恐怕还是想回到老家罢了。听村里书记介绍，四帝殿的原址是在一个很偏僻的山沟里，不便于山民朝拜，新农村建设时，便迁移到了大秧田，也就是训启家附近，此时他祭出玄武大帝，山民们谁敢不尊？来这里守庙便也顺理成章了。

我再看训启时，觉得他的老实里面隐含着聪慧，那双眯着的小眼睛里，却也放射着狡黠的光芒。

训启平时话不多，可一说到菩萨显灵就来事了。只要有人来到庙里，他总是滔滔不绝，把个四帝老爷渲染得活灵活现，人见人畏。有一次很多人来到大秧田，在老吉家打讲，说起买码的事，他只轻轻说一句他一般是不买码的。别人问为什么，他说要等四帝老爷托梦。他说今年三月份，他做了一个梦，梦见四帝老爷站在他的床边，手上拿着一张二十元的票子，醒来后他就反复琢磨，觉得是四帝老爷在给他打哑谜，意思是说本期出码是二十号，天机不可泄露，老爷是不能明说的。于是他用一百元，全买了二十号，果然买中了，一次赚了四千元。

他这话说得有轻有重，满堂男女听得真切，无不惊讶，很快就不胫而走，四处传扬。

要命的是，随之就不断有人效仿，自此，"托梦求神"又成了四帝殿的一大奇观。一些赌徒求财心切，时常三五成群，带着香纸爆竹，外加烟酒鸡鸭，在庙里山吃海喝，醉了就地一倒，和衣而卧，直搞得小庙里乌烟瘴气，酒气熏人，呼噜震天。我的思维有时不觉进入了量子层面，恍惚与神鬼有所交集，甚至可怜起那些五维六维中的魂灵来，处在这样一个乌七八糟的境地，不知他们作何感想？

这些对庙长老脚来说都无所谓，他最关心的，始终是那个神台前的功德箱。

五

转眼立秋已过，看看中元节就要到了。山谚有云："过了七月半，放牛崽哩伴田坎。"意思是说天已转凉，山风已有意寒，放牛娃得靠着田坎避风了。我估摸着暑气将退，便开始收拾行装，准备下山回城。

不知何故，对相邻而居一月多的那座小庙，忽然萌生了一丝留恋。

绕过门前的水塘，几步路便到了小庙。庙址其实是一个很小的山坳，若不建庙，也就是两三块菜地的面积，可自从有了这座小庙，这里的风水就突然兴起来了。据说老吉建房时，就通过打筶与四帝老爷商量过，因为相隔太近，房建得不能高过庙堂，只能建一层，最高两层。建设过程中，有多事人七嘴八舌，劝老吉建三层，老吉便着手加建。不想刚砌第一块砖，起重机的钢丝绳突然断裂，一桶水泥直砸下来，差点把一个工匠砸死。老吉慌忙跑去庙里，向四帝老爷请罪，四帝老爷"出弟子"说非常愤怒，这是警告，"勿谓言之不预"，吓得老吉立马停止了。

这个故事传开后，四帝殿的威望自然又高了许多，人们越加笃信四帝老爷的存在了。

当然迷信不是信仰。信仰是精神的寄托，是自身行为的思想指引。迷信则是人云亦云的氛围，是追名逐利的迷魂药。

我常想，一个地方的迷信氛围究竟是怎么形成的？曾经有过一个历史时期，是破除迷信的年代，几十年不搞迷信活动，竟然也不见鬼神，人们照样生老病死吃喝拉撒，天地万物照样安然运转。可一旦迷信活动兴了起来，便遍地是鬼，无处不神。古历七月初，我们到五哥家小住，一天下午晴转阴，风起云聚，眼看要下雨了，我妻子连忙去到地场上，想把一竹竿衣服搬进堂前，恰好被五嫂看见了，隔老远就大叫放下、放下，边喊边抢过竹竿，扛到饭厅里去了。她若有其事地说，七月初一以后，我们的祖宗陆续回家来了，现在都坐在堂上呢，竹竿上有女人的内衣，摆到他们面前，是大不敬啊！其时我正坐在堂前看书，听了这话，不禁打了个寒噤，心想原来这几天我天天坐在这些鬼魂中间啊！

渲染得多了，就是一个无神论者，也会怕起鬼来，真是见鬼了。

氛围，是要营造的。一个地方，放松了文明，野蛮就会蔓延；不张扬慈善，邪恶就会疯狂；不做人事，自然就成了鬼的世界。

其实四帝殿的风景真是很不错的，那座略显单薄的庙宇，掩映在苍松翠竹之间，点缀于群山环抱之内，就像一个慈祥的老人，安坐在太师椅上，给人以清泰祥和之感。想起道家"道法自然""清净无为"的教谕，想起老子悟道、炼丹济世的苦衷，我想所有寺庙，要是都能保持洁净慈善的本色，那该多好啊。

我叹了口气，怅然踏上了归途。

火 殇

　　吴老汉刚刚搬进新屋，才住了一个晚上，第二天早晨就呜呼哀哉了。

　　吴老汉新屋门口贴的大红对联还是崭新的，门前和堂屋地上的爆竹屑都还没有扫掉，想不到人们又要为他处理后事。

　　"世事难料！"有人发起了感慨。

　　"这都是命，"也有人带着训教式的口吻说，"命里只有八合米，走遍天下不满升，吴老汉就只有住破屋的命！"

　　令山里人大为惋惜的是，吴老汉的死因不是别的，竟是一盆火。

　　火对于山里人来说，是再普通不过的了，一年到头，开门七件事，"柴米油盐酱醋茶"，打头一个就是点火之物。尤其是进入冬季，火便成了抵御寒冷的唯一救星。以前是靠烧木炭火取暖，秋天里，就有卖炭翁挑了木炭下山去卖，或是墟里人成群结队进山去买，自己卖点苦力挑了回去，以节省几个铜钱。立冬一过，家家户户的火炉子就被搬了出来，往堂屋中间一放，晚饭后，一家人就围坐着烤火。男人手里是一碗麻子菊花茶，或是一支"海鸟"牌卷烟，津津有味地品味着生活；女人手里是一只鞋底一根麻线，靠着火盆做起女工。有些贤惠人家的屋子里，就显得特别漾相（好看），上岭下屋一些喜好串门的走惯了脚，都跑到那里去吃茶。有些讲古的高手，自己一字不识，讲起三国水浒封神演义，抑或薛刚反唐、罗通扫北，总之春秋战国二十五史，天扯地扯，几乎无一不会，引得那些半大不大的崽姑哩伸头缩脑，眯起眼睛听。更有一些短命鬼讲起神仙鬼怪来，吓得人拼命往火盆中间挤，背后凉飕飕的。胆小的大姑娘小媳妇解手都不敢起身，边听边被尿憋得满脸通红。

　　也有一种小火炉，当然不是白居易的"绿蚁新醅酒，红泥小火炉"，而是专门用来烤火取暖的，木制，方盒形，有握手的圈把，盒边镶上铁皮，垫上厚厚的柴灰，再置若干块木炭，盖上铁丝网织就的盖子，提在手上，或垫在脚下，木炭点燃了，拎到哪里都不冷。这个一般是供老人用的，他们行动不便，只能以此暖手暖脚。或是有些坐着做事的，例如纺纱织布的妇女，则踏在脚下，用来暖脚防冻。我甚至看到过一些奇思妙想者，冬日暖阳下，坐在屋前地场上，凳子下面放一个小火炉，穿了一件棉大衣，把热气罩得严严实实，一点不漏全冒在身上，膝盖上还有一个用来捂双手。看看他们的脸上，也有不少是青壮年的容颜。这情景，不禁使我叹息，享受的点子倒多的是。

　　后来改革开放，山里的面貌日新月异，住新屋的渐渐多了，用电也能满足供应了，随着留守老人们的日常生活渐渐改成以打牌打麻将为主，一种取暖的电器在他们之间流行起来。这种电器是一个套装，配有一张方桌，方桌四周是四块拖至地板的棉布帘，将电器置于方桌底下，人们围桌而坐，用棉布帘盖住下身，以防热气外漏，再冷的天都不怕。所以现在在幕阜山区，你若冬天走亲访友，便与北方有得一比。北方是主人请你脱掉鞋子，坐到炕头，把脚伸进炕上的棉被子里，宾主几双脚，甭管是香的还是臭的，都一起热乎乎地焐着。而地处南方的幕阜山区，则是请你坐到方桌边上，掀开棉布帘儿，往腿上一盖，共享桌子底下那一小方温暖的宝地。加上随之而来的一碗麻子菊花茶，热气腾腾，茶香四溢，甚是惬意。

当然一个事物取代另一个事物，总会有一个过程。在大多数人家已经用上了电暖器的时候，也还有少量的仍在烧炭取暖。比如一些住在高山岭上的人家，由于太偏僻，电线拉上去只能供应照明，甚至还有不通电的，就至今还是刀耕火种，以原始的方式生活着。吴老汉就是这样的一个人。

吴老汉能住上平顶房，是他做梦也没想到的。平顶房是山里人的理想和向往，是他们心中最为辉煌的"别墅"。许多人背井离乡远走深圳温州，累死累活积攒了几个钱，为的不就是盖一幢平顶楼房，告别祖祖辈辈居住的那几间破瓦屋吗？可吴老汉不敢想，吴老汉从小就没有了爹娘，孤身寡人一个，住在北岭山上几间挂壁屋里，他的身材矮小，体质极差，重体力活干不了，生产队里的工分不及同龄人的一半。要命的是他的智力又有障碍，看上去像个正常人，其实是个傻子。记得有个笑话在山里传得很广。那还是吴老汉年轻的时候，他挑了一担干松毛柴到墩里去卖，挑到半路累得不行，他就放在路边歇息，心想这么重，我肯定挑不到铺里，不如烧掉一只角，不就轻了吗？于是他真的刮根火柴，点燃了柴捆角上的松毛。不料那松毛火不听他的使唤，不是烧一只角就熄灭了，而是噼噼啪啪把一担柴火连同扁担绳子一起烧掉了。路过的人见了都惊得目瞪口呆，传为奇谈，山里人叫"蠢到了笃"。

在我的印象中，吴老汉从青年到壮年，不仅没有成家，而且仅有的两间破房空徒四壁。床是破的，床上的被子是破的；一张饭桌是破的，桌上的两只碗是破的。一个煮饭烧水的推动钩上，挂了只破炉罐。一条凳子只剩下凳面，用两块砖头垫着。地上满是柴灰稻草，脏乱得无法下脚。他的身上，下身一年到头是一条折腰裤，用根草绳系着；上身的衣服，唯有一件蓝色的棉袄，那是政府发的慰问品，每年一件。到了秋天，他就天天穿着，直穿到来年初夏，棉袄也差不多破得不能穿了，他便脱了棉袄，打着赤膊下地劳动，任日晒雨淋，待到身上的皮肤脱掉几层后，就刀枪不入、百病不侵了。到了第二个秋天来临时，他便又盼着新的棉袄发下来。就这么年复一年，周而复始，好在他虽体弱，却极少生病，生病也容易痊愈，否则早就死了。

就这么个孱弱农民，能靠政府照顾有口饱饭吃就足够了，哪还有住上平顶房的期盼？做梦都不敢想啊。

还别说，人的福气有时真的能够不期而遇，山里人说的是"走狗屎运"。谁也不承想，平顶房竟然真的降临到吴老汉的身上了。就在吴老汉年逾古稀之际，当地的精准扶贫工作如火如荼，很快就把他列入其中——政府要把分散住在山旮旯里的人家集中搬迁到山下塆里，叫作"移民扶贫"。一时间，山沟里热闹非凡，人们对这个举措都伸出大拇指，交口称赞。塆里一个村庄的边上，辟出了一块农田，在农田上盖起了一幢幢平顶新屋，迎接着山中的乡亲。

不料一件这么好的事情，却也遇到了阻力。首先是野猪窝的家豪叔发牢骚，说住进了新屋，其他都好，却没有熏腊肉的地方了。以前在岭上的老屋里，灶房的火炉上就是熏腊肉的好地方，每年腊月一到，就把自家养的大肥猪宰了，除去走亲访友送出一些，其余都用盐巴腌了，腊月中旬挂上火炉房梁上。火炉里不断火，炉罐煮饭、沥壶烧水，推动钩上一天到晚不得闲。烧的都是晒得焦干的劈柴，被长火细烟熏上半个月，上好的腊肉就成了。过年时开始吃腊肉，喷香喷香的，直吃到来年夏天还吃不完。如今住进新屋，厨房是烧气的，小锅小灶，到哪里熏去？家豪叔于是在新屋边上搭一个棚，在棚里挂起腌肉，生火熏了起来。他这一搞不要紧，却带动了其他人，一幢幢新屋边上都搭起了火棚，搞得移民新村乌烟瘴气，不成体统。紧接着是梅窝垴上的华明老脚，他一家人下了山，住进了新屋，可田土都在山里，是搬不动的。过去做田方便得很，就在家门口，现在却要爬十几里山路，空手还很吃力，挑粪运种子就喘不过气来了。更有一桩麻烦事，按规定他山里的老屋必须拆掉，他要求留一间都不行，搞得他上山做田很不方便，带点饭菜想热一下，连个烧火的地方都没有。遇到天阴下雨，还会淋湿。问题是像华明老脚这样的人家还不少，搞得一些人怨声载道的不得煞结。

真是想不到，本来一项极好的惠民政策，落实到深山沟里，却出现了与"火"相关的棘手问题。

火本是人类智慧的最大彰显，人类与其他动物的区别之一，就是食用烧熟了的东西，懂得点燃篝火驱寒，直到后来发展到用火冶炼，制造工具。当河南商丘的燧人发明了击石取火、钻木取火之后，东方的祖先们便与希腊人、埃及人、印第安人一样，从茹毛饮血的动物中脱颖而出，向高智能族群迈出了重要一步。

"遂明国不识四时昼夜，有火树名遂木，屈盘万顷。后世有圣人，游日月之外，至于其国，息此树下。有鸟若鸮，啄树则灿然火出。圣人感焉，因用小枝钻火，号燧人。"（《太平御览》卷七十八）燧人又称"燧皇"，蕴含了人们对火的极端尊重，乃至将最先从事农耕的神农氏称作炎帝，以两个火字叠加，可见火在人类发展史上的地位何等之高。恩格斯就说过："就世界的解放作用而言，摩擦生火还是超过了蒸汽机。因为摩擦生火第一次使得人支配了一种自然力，从而最后与动物界分开。"火于是在人类进化的进程中，其功能不断得到挖掘，几乎惠及所有领域。

把火的作用发挥到极致的是诸葛亮。诸葛亮初出茅庐，第一次用兵，就是博望的那把火，烧得曹兵弃甲丢盔，望风而逃。此后火烧新野、火烧赤壁、火烧藤甲兵、火烧司马懿父子，可以说，大凡仗打得痛快的，无不是用火用得好的。刘备不听他劝告，执意要破坏孙刘联盟，起兵攻吴，忘记了诸葛亮的再三嘱咐，被陆逊火烧连营七百里，西蜀国运从此衰落，刘备自己也一命呜呼。

火的功能当然也具有两面性，用得好造福人类，用得不好则贻害无穷。最典型的是春秋时期晋文公重耳，为迫使贤臣介子推受封当官，在绵山周围放火，结果适得其反，好心成了驴肝肺。随着人类社会的不断开发，地球生态加快恶化，气候变暖，干旱严重，大规模的森林火灾在全球各地不断发生，往往一烧就是数百公里数万公顷，大片森林化为乌有，人民生命财产遭受严重损失，不能不说是人祸导致了天灾，想加快发展却事与愿违。

吴老汉真的死得冤。吴老汉得知自己将要住进新屋，那高兴劲儿就甭提了，整天笼着棉袄袖子，眍大一双混浊的眼睛，咧开厚厚的嘴唇傻笑。现在不比从前，每年他获得的捐助很多，四季衣服穿不完，再也不用打赤膊出工了，再说现在年岁已高，早就不怎么下地了，基本是吃公家的救济过日子。唯一不如意的就是住房破旧，难挡风雨，一直没有解决。眼看马上就要搬进新房了，这不就完美了吗？扶贫小组的干部可算得是尽心尽力，盖新屋不仅不要吴老汉出一分钱，还从头到尾帮助盖好。房屋盖好后，装修全包，所需家具添置齐全，就连过冬烤火用的踏盆木炭都给他买好了，还手把手地教他如何使用水、电、液化气。可谁想到百密一疏呢？需要注意的事情都对他说了，唯一没有交代的事，就是烤火要开窗户。因为住在旧房子里，四面透风，恁是火烧得多旺，还会有寒意。这就叫"火炙胸前暖，风吹背上寒"。可新屋做得四停八当，砖砌墙面，现浇楼板，刮瓷油漆，门窗一关，房间里，一丝风都进不了。搬家的那天，正是寒冬腊月，山里寒气特别重，北风呼啸，哈气成霜。吴老汉送走了众人，吃完消夜，就关紧了门窗，搬出踏盆，烧旺了木炭火，然后脱衣上床，美美地睡觉。这一睡，便成了神仙觉——煤气中毒，一命呜呼。

很多天后，我因事去了那个移民新村。村子盖得真好，一幢幢平顶房单门独户，南北面对，整齐排列，形成一条条街道。门前屋后遍植花果树木，冬日暖阳下，除了间或几棵桃、梨、枣等脱叶树外，多数柑橘、柚子、脐橙、桂花、茶花树，仍然枝繁叶茂，郁郁葱葱，把小村装点得生机盎然。新村里多数移民已经入住，但人气并不旺。与其他村庄一样，中青年都是远在他乡打工，家中只剩一些老弱病残，因此室外活动的人并不多，间或有几家的窗户里，传出哗啦啦的搓麻将声，打破山乡的寂寥。吴老汉家的大门紧锁着，门前水泥地场上积了一层草屑灰尘。门框上的那副对联已然被风刮破，红纸片在风中簌簌作响，不过隐约还能看出上面的联语，道是："春秋有幸居新屋；寒暑无忧铭大恩。"联上字迹笔力老到，章法规整，颇具山谷之风，真是一手好书法。

我怔怔地盯着这个新村，发了好一会呆，心里老是想着，这大好的事情，到底要怎样才能办好呢?

离开移民村，车子开出好远了，我还是情不自禁地扭头向后张望，很想再欣赏一下那副对联。

牌　风

　　如今的山乡，除了春节期间，平时确实很宁静。穿村过寨，田野里鲜见农人——现在每年只种一季，且耕田打谷都有机械，除草灭虫都是药剂，农民都是半年辛苦半年闲了；村头巷尾鲜有孩童，有的随打工父母去了远方，剩下的是少数留守儿童。山乡里真的成了妇女老人们的天下，而他们的生活里，充斥的几乎就是一件事：打牌。

　　打牌之于乡人，已成生活中的"不可或缺"！三四个人凑到一起，立刻就是一桌麻将或纸牌。就连我这样不常回家的游子回来了，亲朋好友来看看陪陪，几分钟不到，便又坐到了牌桌上。名为陪我，实则成了我陪他们打牌，而且往往一打就是半日甚或一个整天。我在旁边尴尬地看着，他们为了不使我冷落，也会边打边和我拉几句家常，但此时他们的全身心已经投入到了牌上，和我说话总是有一搭没一搭的，前言不搭后语，实际上成了一种负担。我自是觉得索然无味，勉强站上几分钟，便也借故，逃之夭夭了。

　　我于是对那些因打牌误事的传说深信不疑，比如耽误了做饭，耽误了农事，耽误了赶车，甚或耽误了救火，耽误了接送上幼儿园的孩子等等，都极有可能。有一个真实的事件，说是一个

186

母亲因迷恋麻将，听到自己五六岁的小孩失足落水，别的小孩三番五次呼救，她都置若罔闻，结果造成惨剧。原来这牌桌上的吸引力如此强大，委实令人费解。

山乡人打牌，有三种工具，即麻将、扑克和王符。

麻将的打法全国各地大同小异，都是"修长城"式，以组合"和牌"决输赢；扑克一般打的是斗地主和二七王；王符又称"上大人""纸牌"，由"上大人，孔乙己，化三千，七十士，尔小生，八九子，佳作仁，可知礼"二十四个字构成，每字四张，整副纸牌共九十六张，所以又叫"九十六"，按八组排列，亦以"和牌"定输赢。

究其根源，我们祖宗发明这三种工具的初衷，均属娱乐消遣。麻将的起源虽有多种传说，如起源于麻雀牌、叶子戏、马吊牌和郑和下西洋等。相比之下，我还是倾向于"郑和下西洋起源说"。想想在那看不到尽头的海上漂流的日子里，人们的生活是何等枯燥乏味、百无聊赖。而且还时不时地要搏风击浪，与死神抗争，时间长了，日子怎么打发？于是官兵中有忧郁致病的，有自杀的，有打架甚至杀人的，亦有趁船队靠岸时想逃跑的。郑和心里一定清楚得很，此时靠命令、惩罚等"堵"的办法是行不通的，只有发明一些消磨时间、调动兴趣的玩意儿，才能拢住大伙儿的心，使之打起精神，提高斗志，保障航海之旅一路顺风。于是郑和以纸牌、牙牌、牌九等为基础，以一百多块毛竹为牌子，以舰队编制、船上火炮、奖励数额等为序，分别按各自称谓刻了一至九个"条、筒、万"，以航海最需注重掌握的风向为名，刻了"东、西、南、北"，以一年四季为名刻了"春、夏、秋、冬"四块花牌，以赢者得中、获奖发财、输者空白之意刻了

"中、发、白"。制成之后，发给各船官兵玩耍。这样，初期的麻将便应运而生了。扑克的产生也有异曲同工之妙。不论是韩信为了缓解士兵的思乡之愁，发明了纸牌游戏，还是荷兰人把纸牌带到海上供船员们消遣；也不论是用于正规竞赛的桥牌，还是斗牛、扎金花、推锅、三公、斗地主、跑胡子、六胡抢、比大小、德州扑克等听得头昏的许多种纸牌游戏，都属于文化娱乐的范畴。

至于王符即"上大人"，则更有一种启蒙教化的功能包含其中。它最早起源于湘鄂渝一带，是土家人用来教育孩童的识字课本。二十四个字九十六张牌，其实就是在讲述大圣人孔夫子的教育佳话。孔夫子是读书人的"上大人"。他姓孔，在兄弟中排行第二，也就是甲乙的"乙"，这样就构成了"孔乙己"。孔夫子教化了三千名好学生，其中有七十个学问最好的人，可不就是"化三千，七十士"吗？而七十个好学生中，还有八九个像曾子、子路那样的亚圣人，这就叫"尔小生，八九子"。他要他的学生都做好人，遵循仁义礼智信的规矩："佳作仁，可知礼。"发明者将这二十四字写在纸牌上供人娱乐，使人们感悟到其中的人文情趣和义理教化，而中华民族的传统文化精神，也就在这样的寓教于乐中，平淡自然地得到了广泛传承。

由此看来，这三种工具确实都是娱乐身心的玩物，本无可厚非。在以前的年代里，在人们的生活中，也好像并没有怎么凸显过。从文学艺术作品中，见过民国时期的官太太、富太太们打麻将，几个闲得无聊又富得流油的女眷们，在又好玩又能勾起赢钱欲望的刺激中，消磨着无尽的时光。但那也仅是在很小的群体中进行，广大人民群众是无缘消受的。到新中国成立后，麻将也归入了黄赌毒之类，被扫进了历史垃圾堆，直到20世纪80年代之前还不见露面，我的记忆中，青少年时代还从没见到过麻将实物。扑克倒是非常普及，在过去的农村，孩童们每每放下书包，或是放好牛羊，便拣个角落，或大门边上，或老樟树下，只要有块石头，几个小毛头就席地而坐，展开角逐——须知他们是没有桌凳的，往往一副扑克也从崭新的打起，直打到破旧不堪还不肯释手。尽管如此，他们还是乐此不疲，与小姑娘跳皮筋、跳房子一样，愉快地度过一段属于他们的无忧时光。遇上雨雪天，一些年轻人也会凑在一起玩上两把，不过玩得并不多，他们多数时间还是在忙着打草鞋、修犁耙等，为晴好天气下地干活做着充足准备。那时扑克的打法也很简单，无非是接龙、争上游、升级等两三种，后来才不断发展到拖拉机、斗地主、二七王等，单纯游戏也逐渐从钻桌子、贴纸条演变成了赌博性的博弈。

从前听到"穷有穷的忧愁，富有富的烦恼"的说法，总是不屑一顾，心想没饭吃没钱花才是烦恼，富有了，乐都乐不过来，有何烦恼？现在看来，那说法未必没有道理。如今的山乡，与三四十年前相比，可真是富了！打工有钱赚，做田不驮嗨（不累），不愁衣食住，就愁冇处戏。以前文化活动单调，却有个盼头。放场电影像过节，爬山越岭几十里路也要去看，一个片子反复看也不厌；有场花鼓戏、宁河戏，更是稀罕不已，看得津津有味；到了年关，便都盼着戏花灯，那锣鼓一响，鞭炮一鸣，全村人立马围在地场上，有些年轻人还嘴上叼着烟，肩上坐着细伢仔，跟着跑几个村庄。就连平时听讲古、打剁嘴、拖禾桶、打呜呼，也都"屁股夹得线断"，劲道大。可现在的文化生活，说丰富确是丰富，一台电视机，把影视、戏曲、音乐、综艺、新闻等，恁是什么明星、大咖，高档的、前卫的，统统"一网打尽"，再想回到从前玩的看的，就没有兴趣了。可年复一年日复一日地看电视，又把人们看得腻歪了，年轻人又把兴趣转到手机上去了，于是那些无聊的中老年人便转向了麻将扑克，带着钞票，带着赢钱的欲望，一头扎进了牌桌。

我真的惊讶于牌桌的巨大魅力。记得有一年央视名嘴白岩松损了一下成都，说在飞机上听到"哗哗"的麻将声，就知道成都到了，于是成都人打麻将出了名。现在看来成都人可能要"让位"了？走到山乡，可以说，凡有人群的地方必有牌局！人不分男女，时不分昼夜，季不论夏冬，钱不论多少，打牌简直成了一种职业、一个嗜好、一身重瘾，不可遏止，不可收拾。有时我也好奇地问他们，这牌桌怎么如此有吸引力？他们说，不打牌你叫我们干什么呢？想想也是，现如今农村人闲得发慌，很多人几乎一年到头不需要也不愿意下地劳动，就连蔬菜也不种了，宁愿花钱去买那些大棚种植的用农药化肥催生出的菜吃。以前的炊烟早不见了，烧火做饭从砍柴到烧煤再到用天然气，与城里一样，需用的劳力就是拧一下开关。就是有些人意识到动少静多，身体健康开始受到威胁，便也学习城里人，早起跑步，晚跳广场舞，那也是一两个钟头的事，大量的时间还是要消耗在牌桌上。加上如今都不差钱，赢了心里高兴，输了也不很心疼，这吸引力倒是慢慢在增强，打牌的劲儿不断在增大。

这一道牌桌风景，从20世纪末以来，恐怕已经遍及全国各地，风行所有乡村。无论走到哪里，最常见、最普遍的休闲活动，就是打牌，好像除了打牌，就无事可做、无处可去似的。任何事物，一旦成了风，且范围广、时间长，为大多数人所接受，就会成为一种风俗，流传深远。对中国的牌风，不好做出评论。说不好吗？它基本上不违法不乱纪，虽然多数具有赌博性质，但总体上还是以娱乐为主的，有钱的多打，没钱的少打。既不危害社会治安，也不妨碍社会稳定。人群主要是中老年人，很多地方的老年人活动场所、乡村和社区文化活动中心等，都配备了数量可观的场地和牌桌，为中老年人提供打牌的条件，可见这种活动也已为有关组织所认同。说好吗？这牌风一起，经久不衰，却又引起了很多人的担忧。牌风盛行，使一些牌瘾重的人夜以继日，废寝忘食，久而久之，各种疾病便找上门来，逐渐形成了一种"麻将综合征"，于身体很有害处。还有一些不良分子，见机打起了歪主意，设置赌局，赚老年人的钱。他们走村串乡，穿插于牌桌之间，先以小利引诱老年人上钩，然后逐步把赌注加大，利用老人们眼花手慢的特点，使出手段，像抽水机一样吸干老人们的钱财。他们赚了打牌人的还不够，还要引诱旁观者，搞一种叫"滴麻油""押砣子"的把戏，也就是看的人在旁边押赌注，打牌人输了，他们便也跟着输钱。村人说，现在山乡有一个怪圈：年轻人在外打工赚几个辛苦钱，一片孝心寄给父母；父母节衣缩食舍不得花，却在牌桌上大把大把地挥霍，都被那些流民浪子赢了过去；父母手中没钱了，还是靠打工的子女寄来血汗钱。这样周而复始，恶性循环，不知何日是尽头。

这不能不使人陷入困惑。人们总是习惯性地把牌风归罪于赌博，可又怎一个"赌"字了得？从有记载的人类历史开始，赌博就已经是一种极为盛行的娱乐活动。公元前3000年就出现了掷骰子游戏；从永动机演变而来的轮盘赌，经过上百年不断发展，现在已经是全球最热门的赌博游戏；如今赌城几乎遍及全球，著名的赌城如美国的拉斯维加斯、南非的太阳城、摩洛哥的蒙特卡洛等，不说妇孺皆知，绝对是家喻户晓。几千年来，赌博影响着人类的命运。赌博最早只是人类纯粹的游戏消遣，只有当它与功利意识合流的时候，才成了人与人之间的博弈行为。当人类的功利意识开始萌动的时候，赌博也就应运而生。它是人类深层精神活动的体现，更是一种竞争，一种对自我判断的比赛，一种人性弱点的膨胀。若从深层次思考赌博，我们又该如何看待当今风靡全国的牌风呢？

我不由得把思绪倒回到千年之前，然后在历史的长河里找寻太平盛世的乡村景象，看除了打牌赌钱，还有哪些不同？

先看三千多年前的周朝吧。《诗经》中，有"春日载阳，有鸣仓庚。女执懿筐，遵彼微行，爰求柔桑。春日迟迟，采蘩祁祁"的记述，那种悠然农桑、尽享劳动之趣的情景历历在目。而东晋的陶渊明，宁愿弃官不做，过着"采菊东篱下，悠然见南山""晨兴理荒秽，带月荷锄归"的田园生活，与农人"过门更相呼，有酒斟酌之"的日子，不是很惬意吗？

在初唐王维的《渭川田家》中，乡村画面是这样的："斜阳照墟落，穷巷牛羊归。野老念牧童，倚杖候荆扉。雉雊麦苗秀，蚕眠桑叶稀。田夫荷锄至，相见语依依。即此羡闲逸，怅然吟式微。"你看，斜阳下，牧童、老者、妇女，以及农夫们在一起闲谈的情景刻画得细致入微。王驾的《社日》写道："鹅湖山下稻粱肥，豚栅鸡栖半掩扉。桑柘影斜春社散，家家扶得醉人归。"描述太平盛世的乡村社日，俨然有"小康社会"的景象。宋朝翁卷的《乡村四月》，以白描手法展示了一幅江南农村初夏时节的景象："绿遍山原白满川，子规声里雨如烟。乡村四月闲人少，才了蚕桑又插田。"从景和人的对应中，交织出一幅色彩鲜明的图画。宋朝人的茶余饭后不愁没有休闲，斗蟋蟀、捶丸、商谜、马球、相扑在宋朝都很流行。当然最有名的全民运动当属蹴鞠，"宝马嘶风车击毂，东市斗鸡西市鞠"，是城里人的场面；而"乡村年少那知此，处处喧呼蹴鞠场"，则描画出了农村人对蹴鞠的热情。就是元朝，盛世景象的展现，也屡屡见于时人散曲，就连明朝人贾仲明也称道不已："元贞年里，升平乐章歌汝曹，喜丰登雨顺风调。茶坊中嗑、勾肆里嘲：明明德，道泰歌谣。" 杜仁杰的一首散曲《耍孩儿》，曲中真实描绘了一个庄稼汉看戏的情形，开篇就写道："风调雨顺民安乐，都不似俺庄家快活。桑蚕五谷十分收，官司无甚差科。" 曲中的庄稼汉口袋里有了钱，不但"来到城中买些纸火"，而且还要去看戏，看到精彩处"大笑呵呵"，谁知人有三急，到后来"则被一胞尿，爆的我没奈何"，但是戏很精彩，舍不得离开，于是"刚捱刚忍更待看些儿个，枉被这驴颓笑杀我"。真是惟妙惟肖，令人忍俊不禁。

考察史上各个太平盛世的民众生活，我竟然没有发现一个打牌赌博成风的记述，而骚人墨客们描写得最多的，是文化的多样性，尤以曲艺、山歌、地方小戏、民间体育、民间艺术等文体活动为甚。这些活动的形成，最初自然是人们在劳动中自发表达，可长此以往，必有教化蕴含其中。不论是国家层面，还是地方层面，离开了当政者的倡导、鼓励、组织、推动，良好的民风民俗是难以形成的。这就给了我们极大的启发：休闲娱乐是人类精神生活中不可或缺的需求，什么东西适合他们的胃口，他们就玩什么。文化花样多，活动丰富，他们就会各取所需，各尽所能。久而久之，不仅能培育出优秀的风尚，还能涌现出杰出人才，产生各具特色的地方风俗，进而形成丰富多彩、博大精深的中华优秀传统文化。反之，文化生活单调枯燥，无事可乐，无处可玩，牌桌自然就成了他们的不二选择了。这样看来，牌风的兴衰，却反映了一个不可小觑的社会现象，提出了一个复杂的社会问题，不能不引发深刻的社会思考，不能不引起各层级的高度关注。

据说仪狄发明酒后，"帝女令仪狄作酒而美，进之禹，禹饮而甘之，遂疏仪狄，绝旨酒，曰：'后世必有以酒亡其国者。'"我就想，大禹喝酒的时候，既然感觉"味道好极了"，为什么又做出那么可怕的预言呢？可见一样东西问世，其本身并无好坏之分，关键要看怎么使用。孙思邈对火药的发明有重要贡献，用得好时成了夜空绽放的美景，用得不好就成了杀人武器。德国科学家奥托·哈恩发现了核裂变现象，后人用于建造核电站、核动力船只等，就有益于人类；而用于制造核武器，就是人类的灾星。饮酒恰到好处，就是消愁解忧、提神醒脑的美味佳肴，还能舒筋活络、强身健体；如若过量，就会伤身害体，因酒误事，严重的可不就是亡国丧邦吗？由此可见，麻将也好，纸牌也罢，本身于人并无害处，只是与一"贪"或"欲"字结合，才会有伤风化，贻害社会。善良的人们，总是期望有一种力量，能够遏制人的贪欲，净化人的心灵，让社会变得纯净，让世界变得美好！

我从电脑里抽身出来，耳边却又传来了"哗哗哗"的麻将声。

买　码

一

　　乡村的夜晚，总是充满了神秘。黑黝黝的山峦像是一群凶狠的虎狼，咆哮着四面奔来。田野里的稻子早已割完，只剩下被扎了颈的稻秆把，一个个站立着，连成一片，夜幕下活像成群结队的小人们在聚会，越看越吓人。远处山根下，不时有磷火闪现，那东西是活动的，星星点点，时少时多，往来游弋，真像传闻的"阵火鬼"，叫人捉摸不定，惊恐顿生。

　　夜晚乡村的热闹，可能都集中在火柴盒一样的一幢幢屋子里。在汨水河边的西岭下，就有这么一间：屋子里坐满了人，男女老少俱全，有几支烟枪起劲地吞吐，弄得满屋子乌烟瘴气，不时传出女人或孩子的咳嗽声。屋子中央是一张四方桌，桌边围坐着几个年长者，或是公认为有见识的高人。他们的核心人物，便是主要高人，外号叫"千毛"的。千毛面前翻开着一个笔记本，胸前挂着一个大包。人们一阵议论之后，都把钱递给他，他一边将钱放进包里，一边在本子上登记造册，每个名字后边，写有"牛、马、鸡、狗"之类的字和几个阿拉伯数字。登记完后，主人家的女客要做点消夜给他吃，千毛咧开嘴，小眼睛眯成一条缝，脑袋摇得像拨浪鼓，连说："哎呀，我肚里顶饱咯，末虱哩都进不去一只了！"末虱哩是乡间一种极小的飞虫，夏秋特多，比蚊子还小——说明他的确吃不下东西了。

这是发生在20世纪末21世纪初的场景，在幕阜山下几乎随处可见。

这就是曾经震惊幕阜山麓周边数省的一种地下活动，民间称为"买码"。

翌日夜里，也是同一群人，聚集在同一个屋子里。与头晚不同，头晚是下注，先有群情激奋的讨论争吵，再确定买什么；后晚则是等候出码，即等候命运的降临。这个晚上，他们不吵不闹，沉默寡言，偶有事情询问，也是一句起两句止，不加一个闲字。从天搭黑到晚九点半前，人们就这样紧张肃穆地坐着，不停地抽烟喝茶。主人家的女客端着茶盘，扭动着圆滚的屁股，进进出出忙不迭地泡茶。冒着热气的芝麻菊花茶一盘一盘端出来，人们一碗接一碗地喝。茶端到手上，与燃烧的香烟合到一起，吸一口烟，紧接着吹开飘在茶碗上面的芝麻菊花，冒着烫嘴的热水吸溜一口，形成了一种固有程式，屋子里便听到一片吹茶吸水声，空气里便也混杂着烟的熏味、茶的香味，以及人们身上散发出的汗臭味。奇怪的是这些人喝那么多的茶，竟没有几个起身拉尿的，可见山里人的肾功能特强。

山乡里这种场面平时也有，比如年节期间，比如雨雪天气，人们总是喜欢聚到哪个人家，喝茶抽烟打烂哇哩，经常一聚一昼，抑或一夜。可平日的氛围好，纯是玩乐，气氛友好和谐。眼下这个就不同了，形式一样，内容变了：少了闲适，少了轻松；

多了焦虑，多了贪欲。一如满屋子的烟雾，把人们的心情也带进了迷茫。

只有千毛不同，他总是如坐针毡，过一会儿就要爬起来，跑到主人家的沙发边，看着茶几上的电话。那台蓝色的电话却像安睡的娃儿，任是吵闹喧嚣，没有任何反应。到了九点半，电话铃声骤然响起，人们犹如听到至高无上的命令，立刻放下茶碗，停止吸烟，眼睛瞪得牛卵子似的，齐刷刷地盯着那个"娃儿"。千毛一个箭步冲向电话，迅速翻开本子，边听边记。人们又像等候宣判似的，等候着电话里传来的结果。听完后，屋子里立刻像爆了锅，有买中了码欢喜雀跃的，有没买中沮丧不已的，有两个下了大注却失了手的，则大叫一声，一下子瘫在地上，背过了气。

那时我探亲回到故乡幕阜山区，每回都会听到类似的故事，当然都是些投注太大输得精光的悲剧故事，比如有走投无路跳水上吊的，有抛下妻儿只身出走的，还有因借债不还被逼得卖老婆抵债的。最悲惨的竟有这么一个赌徒，多次借高利贷买码，每次都想扳回本，每次都是有出无进，几个月后，债台高筑，本利滚动多达几百万元，自思再也无法还清，便买了一瓶农药，拌进饭菜里，夫妻二人连同三个儿女全被毒死。可怜一个小康农家，竟因买码搞得家破人亡，活活丢了五条性命！

说实话，有那么一段岁月，我害怕回到故乡。那是什么岁月？那是山里人疯狂的岁月，是令人捉摸不透的岁月。回去后的所见所闻，是那么不可思议，那么触目惊心。我童年时代那个静谧安宁、井然有序的山乡不见了，代之而起的是一片乱象。几乎是一夜之间，那些年轻力壮的男女都跑出了山区，南下沿海打工去了，带回来的既有永远也不够花的金钱，更有令人瞠目结舌的恶习。有一次街口上发生一起斗殴，为首的那个竟然是个通缉犯，据说他参与了深圳的一场银行抢劫，其他犯罪嫌疑人都抓获了，唯有他逃脱，竟然在家乡躲过了抓捕，还在打架斗殴为所欲为，这是不是有些匪夷所思？西边村的细伢仔，我知道他是个不务正业、游手好闲的角色，可有一年被他捡到了漏，贩卖当地种植的一种药材赚了大钱，在广州搞得风风火火。回到山乡，野鸡变成了凤凰，他成为大富豪受到最高奉承，人们奔走相告，夸赞不已，就连本乡在军队里的将军都不如他受尊敬。细伢仔也不含糊，回到家乡就一头扎进了赌桌，偏偏他又是个背时鬼，每天成千上万地输钱，输光以后无钱起本，加上他所贩卖的药材市场又迅即下挫，从此再也翻不起身来。山乡"第一富豪"成了一出闹剧，折腾了一阵悄悄收场。这真叫"乱哄哄你方唱罢我登场"，山乡里搞得乌烟瘴气也就不足为奇了。

那些年，农村人都不种地了，无论米面菜蔬、油盐酱醋，统统靠买，那么人们干什么去了呢？绝大多数都坐到了赌桌上。打牌打麻将几乎全民普及，男女老少齐上阵，无论走亲戚串门，还是过年过节，走到哪里都是一桌麻将，满了四个人就开打，打得夜以继日，打得天昏地暗。一些不良青年趁乱胡为，干起了偷盗、抢劫、吸毒、斗殴的违法勾当。山乡的美丽景色也被破坏殆尽，大片农田荒芜，大量良田被房屋占据。村庄建设没有规划，原来那些依山傍水秀丽迷人的村落，不断地空置破败，代之而起的是一幢幢火柴盒子般的小屋，建得拥挤俗气杂乱无章。反正打工仔打工妹寄回了钱，谁都是先考虑盖一栋新房，哪怕不需要居住，也要摆摆脸。而只要有钱，管他什么良田，管他怎么盖屋，谁都能买到地基。眼看着好端端的一片田园风光，就这样被一些不肖子孙折腾得面目全非，不堪入目。

买码之风，正是此时起于青蘋之末，刮遍山村乡野，来势汹汹，不可遏止。

<h1 style="text-align:center">二</h1>

我费解于买码的魔力，费解于码民的贪欲，何以一下子到了如此疯狂的程度？

所谓买码，其实就是香港澳门地区"六合彩"的变异。他们沿用了六合彩的正规玩法，而最大的不同，是在中奖概率上，正规六合彩中奖概率低，而买码的中奖率较高，极具诱惑力。但不管怎么买，庄家一般总会赚钱，买家总是输的多赢的少，如此步步深入，直至输光老本，甚至四处举债导致家破人亡。

据说佛祖释迦牟尼苦修六年，在菩提树下，睹明星悟道，悟道后说的第一句话，就是："奇哉，奇哉，一切众生皆有如来智慧德相，只因妄想执着，不能证得。若离妄想，则无师智、自然智，一切显现。"这里所说的"妄想执着"，我以为就是人类的贪欲之念。贪欲是潜在的，人人心中皆有，就是不能激活，一旦激活了，就不可遏止。帝辛贪图花天酒地，竟至王宫内造起酒池肉林，腐化堕落无以复加，结果导致商亡。嬴政贪图长生不老，四处寻医问药，只要听说是延年益寿的，就命人搞来吃喝，如此折腾，却只活到四十九岁，便一命呜呼。想当今许多贪官污吏，都是贪得无厌，欲壑难填，不管该得不该得，能拿不能拿，都要据为己有，竟至豪宅数以百计，情妇佳丽成群，金银珠宝堆积如山，现金钞票难以计数。他们在贪腐的道路上，已经被物欲勾引得晕头转向，步步走向罪恶的深渊。从心态上看，买码可说是与此类人殊途同归。多数码民都是被利率的诱惑牵着鼻子走，亏了就想扳本，加倍投注；赚了又嫌赚得太少，还想多赚。所以贪欲之念不除，人就不能解脱，不论处在什么位置，不论是权贵阶层，还是平民百姓，都会活得不耐烦。只有远离妄想，不受诱惑，方能满足于既得，不强求未得，更不妄想不能得。像颜回那样，尽管"一箪食，一瓢饮，在陋巷"，别人不堪其忧，他却照样轻松快乐。

买码成风的那些年里，人们对中码的渴盼，已经变成了一种虔诚的迷信，十二个生肖属相成了顶礼膜拜的神灵。广为传播的是中央电视台有一档节目叫《天线宝宝》，本是放给小朋友看的，不知从哪里传来消息，说在这档节目里，隐含了一个暗号，里面的机器人会无意说出一个生肖，当晚的特码必定就是这个生肖中的一个号码。人们只要听到配音演员说："小朋友们，快来看啦，今天这只狗狗多可爱呀！"如果当年是狗年，人们就疯买属于狗的生肖的1、13、25、37、49五个号码，如果配音演员说的不是狗而是狗后面的猪，说："小猪猪又偷懒了！"那么属于猪的2、14、26、38四个数字就成了抢手货了。一下子，《天线宝宝》成了山里人狂热收看的节目，收视率绝对领先。有一次我到一个亲戚家里做客，晚饭后看电视，电视里正在播放《天线宝宝》，还在厨房里忙活的主妇大叫丈夫："你叫她等一下哟，等我洗完碗再播哟！"引得哄堂大笑。我想什么叫作昏了头脑？恐怕这个现象就是一例。

问题还不止于此，后来人们发现天线宝宝的话确实不可太信，这毕竟是逗小孩的角色，于是又把注意力转向了自我感觉。有人关注做梦，头晚梦见了哪个生肖，第二天就买那个生肖的号码。甚至梦见了哪个人，也要问出其生辰八字属相，购买其所属的数字。邻家嫂子有一次梦见村里贵生抱着三岁的儿子在玩，就买了贵生属相的生肖数字，结果扑空了，后来发现出的特码竟然是他儿子的生肖数字，后悔得"哎呀哎呀"的，以后逢人便说自己脑子不开窍："明明梦里神仙告诉我了，我就是顽劣，领会不了！"有一回我探亲到五哥家，与人聊天时说出了牛的话题，说者无意，听者有心，在场的有人当晚就买了牛，结果还真的中码了。这一下又成了说辞，人们传说我是"贵人"，说贵人说的有灵气，要注意捕捉。于是凡他们认为社会地位高、值得尊敬的人回去了，都要争相围着聊天，凡聊到生肖属相，必然作为买码的依据。直到后来这些无意说出的动物并未中码，这种无稽之谈才逐渐淡化。

人的贪欲就像一堆干柴，经"利"字这根火柴一点，便会形成烈火，冲天而起，不可收拾。

三

买码在山乡的泛滥，几已成灾。那些年因买码频频引发的大案、要案，终于引起了政府的高度重视，展开了大规模、强力度的打击。

我至今搞不懂，买码的后台操作究竟是个什么系统，只知道有写单的，有庄家。上文提到的那个千毛，就是写单的。写单的是整个系统的最基层，只负责收集买码人的钞票，写成名单上报庄家，收取一点手续费，赚钱不多，相应的风险也不大。而庄家总是希望写单的多写，写得越多赚钱的希望就越大。为此还出过一个笑话，在县城环境整治中，县委书记下令在进城的路口立一尊黄庭坚雕塑，因为黄庭坚是本县最可炫耀的历史文化名人，于是很快塑像就立起来了。那是一尊全身花岗岩石雕，呈鹅黄色，立在一个大花坛中间。黄庭坚身着官袍，头戴乌纱，右手握笔，左手捧着一部翻开的书本，目视远方，栩栩如生。本来这尊塑像确是县城一个标志性的建筑，不想很快就被人们当作一个笑话流传开来，说本县真的成了买码大县，连黄庭坚也扶起来写单了。又说山谷先生也没什么了不起，无非穷书生一个，只能靠写单度日。不久县委书记另有高就，接任的书记一听这不成体统，立刻吩咐把塑像搬走了。

因为买码的中奖率低，买的人又多，所以庄家赚的钱就不少了。可庄家并不止一个，而是有层级之分的，究竟有多少级？有没有总部？总部在哪里？这很难了解清楚。反正庄家是秘密的，只有写单的知道最低一级的庄家。也可能根本就没有严格意义上的买码组织体系，买码就像一群脱缰的野马，一经放出，就四野狂奔，收不住手。有胆大妄为的，便自己放出风去，扬言是庄家，收取写单的钱财，赚了当富豪，赔了拍屁股走路，丢下那些中码的干瞪眼。

现今，社会很多乱象，需要加以治理才能有效遏制。我有时想，我们有时候就是容易冲动，趋众性大，缺乏理性。看到有利可图的事，不管能做不能做，别人做我也做，于是很快一哄而起，形成风潮。快乐的如观灯看戏，悲哀的如围观杀人。这是不是还不完全成熟的标志？反正，买码气势既已形成，一个地方就开始乱套，整个幕阜山下闹得乌烟瘴气，因买码产生的巨额欠债、违法放贷、打架斗殴、破产卖房、离家出走、跳楼上吊、家破人亡等恶性案件接二连三，直线上升。真是形形色色，不一而足。

形势发展到如此地步，已经干扰了社会秩序，影响了正常生产生活。治理一段时间后，人们的头脑终于冷静下来，认识到冲动是魔鬼，欲望是虎狼。通过宣讲疏导，也终于认识了买码的实质就是赌博，买家不可能真正赚到钱，极少数赚了点钱的，都是庄家的诱饵。这才恍然大悟，迷途知返，买码狂潮才慢慢减退，逐渐趋于平静。

四

社会的生存与发展，很大程度受社会秩序的影响。社会治理有方，井然有序，人民就能休养生息，社会就能顺利发展。反之，社会秩序一乱，就会冲击社会稳定，给人民带来伤害。西周的"文武之政"，百姓可以夜不闭户。一次诸侯国虞国、芮国发生纠纷，闹得不可开交，没办法想请姬昌仲裁。及至周地，看到周国人相互谦让，长幼有礼，非常惭愧，两人说道："吾所争，周人所耻，何往为，祗取辱耳。"于是相互礼让而去。在这样的社会里，人们生活各得其所，社会秩序井井有条，歪风邪气自然就不扫自灭。春秋战国时期，天下大乱，唯邹鲁独树一帜，自养一风。他们继承发扬姬氏文化传统，以礼乐兴邦，因之产生了孔、墨、颜、曾、孟等一大批圣人，创立了四书五经等不朽的经典学说，尤其在良好家教家风的培植、形成和引领上，开了先河。所谓"克己复礼"，其实就是要复邹鲁之礼。东晋的陶侃，出身贫苦，少年丧父，在母亲湛氏的悉心教诲下，养成了好学、勤奋、清廉的优秀品质。陶侃在担任寻阳县吏，监渔梁的时候，一次托人把一坛公家的腌鱼送给母亲。母亲问明情况后，原封不动退回，并附上书信说："你身为官吏，本应清正廉洁，却拿官家的东西送给我，这样不仅对我没好处，反而增加了我的忧愁啊。"这就是著名的"封坛退鲊"的故事。后来陶侃在荆州刺史的任上，勤于吏治，不喜饮酒赌博，"喜文辞，行文如流"，为人所称道。他治下的荆州，风清气正，井然有序，社会稳定，人民安乐，在动荡不安的大局下，仍能独守一隅，史称"路不拾遗"。而三国时期的益州，"沃野千里，天府之土"，本是个富足之地，又有雄关险隘，得以自成体系，犹如世外桃源。可在性情柔弱宽容、缺乏威信谋略的刘璋治下，"民殷国富而不知存恤，智能之士思得明君"。结果导致民风不正，纲纪不严，动荡不安，内乱四起，把一个好端端的西蜀胜地，搞得破败不堪。后来刘备入川，诸葛亮以重刑整肃风纪，拨乱反正，才换来四十一州地面"并皆平定"。及到了刘阿斗手里，又是软弱涣散，治理无方，导致奸臣当道，歪风邪气盛行，活活把诸葛亮"三分天下，一统中原"的一盘好棋，搞得胎死腹中，留下千古遗憾。

从历史深处走来，不禁感慨良多。治理一国乃至一个地方，谈何容易？当权者的执政能力、治理方略，都推及一时风尚的形成，都关乎一地发展的兴衰起落，故不可不察。

如今再行幕阜山下，当年那些恶习是看不见了，买码已经由热到冷，买码的人由以前的全民行动，变成了部分人的常态，数额也由赌博型的舍命狂砸，变成了娱乐性的小打小闹，多为老年人的一种消遣。正如打麻将、做法事等，在农村已是平常事，毫不为怪。我不知道这种现象孰好孰坏，不知是应该根除还是应该允许存在。每次回家看望我那将届米寿的老父亲，村人都说他好就好在喜欢玩买码，天天有事做，所以不生病，活得健康。他开始也是瞒着我，后来我说你爱玩就玩吧，但是要以娱乐为主，不要计较输赢，每次不能买多，三五元钱而已。他于是高兴起来，恍惚一天的云都散了，买码由"地下"立即变成了公开。我注意观察了一下，发现每周一、三、五是他的"码情研究日"，从早餐放下筷子起，他就摆开了架势，书桌上摊开着五颜六色的码刊码报，都是香港出版的。我惊诧于他的眼力之好，少有人及，报刊上是竖排繁体字，密密麻麻的，老人家却不戴眼镜，看得津津有味。这三天他几乎是废寝忘食，从早到晚不离书桌，笔记本上还以蝇头小字写了好多笔记，都是些码经，有时我也瞄上一眼，见那些谜一样的字句，或是打油诗，或是深奥莫测的哑谜，竟如众妙之门，玄之又玄，看得我云里雾里。问他如何确定买哪个号码。他也是天方夜谭一通，并无能说服人的道理。有时他搞了半天也搞不出名堂，于是只能买两个或三个生肖，以图保险。每到周二、四、六的晚上，码号一出来，他便在电话里与一些老头老太太"码友"交流起来，无论中与不中，他们都很兴奋，总是侃侃而谈：

"张老脚欸，我哇嗒今夜是只牛，你硬哇是只狗，怎么样，你塌嗒手吧？"

"你个婆哩，昨天我叫你买只羊牯哩，你买了吧？我是买嗒两块钱，也不错咯。"

"哎呀平贤哩，又冇中啊？要么紧吵，好戏嗒。"

这种交流，不仅当天晚上在电话里进行，而且还要延续到第二天早上。在村子的地场上，几个老人一大早就会聚集起来，热议昨晚买码的得失。那劲头儿，简直比开会要积极得多。

这么玩下来，时赔时赚，一年到头，父亲说基本能做到"收支平衡"，略有结余。而我则想，母亲早逝，子女都不在身边，他孤单一人，眼见得老态日显，手脚也越来越不灵活，脑子也越来越不好使，到社区的老年服务中心去打麻将推牌九也不方便了，出门怕车碰撞，走路怕摔跤，服务中心的位子又不够，去晚了还抢不到，兴趣便也渐渐地淡化了。而这样居于家中，有点"手艺"的事情，于他来说可以打发一下时间。

五一小长假，我又回到了故乡。幕阜山下的山坳里，夜晚还是那么静谧，黑黝黝的山峦，黑黝黝的田野，田野里偶有几声蛙鸣，呼应着村庄里零散的狗吠声，更增添了夜色的宁静。山边火柴盒般的小屋建得更多，更加显得拥挤，一幢紧挨一幢，已分不清村庄与村庄的界限了。只是屋子里没有了过去买码的那种喧嚣，人们恢复了日出而作日落而息的正常生活，各自关起门来，喝茶洗脚看电视。眼见得电视里也没有多少好节目，拿着个遥控器左按右按，一恼火干脆关了，出去串门去。千毛是在家最坐不住的一个，听说他还在写单，不过已不是以前的写法了，现在是帮几个老头老太太写，没几个钱，也是好戏而已。有一次他跑到我家来玩，还是一张笑脸，脸上绽开菊花般的笑容。我妹妹要泡茶给他喝，他还是把头摇得像拨浪鼓，眨巴着两只小眼睛，连声说："哎呀，末虱哩都进不去嗒！"

流年异事

一

任何一种行业的存在，必有其存在的社会需求，没有了需求，这个行业就会终结。比如花灯，过去幕阜山里人文化生活匮乏，春节期间看花灯就成了一年的期待，那些扎花灯的匠人们，从夏天开始，就得忙乎不停，简直是个抢手的行当。到后来文化生活丰富了，家家户户有了电视，各种节目、各种顶级明星的演出反复"轰炸"，都看腻了，连县里市里来的剧团演出也懒得去看，谁还稀罕那个花灯？于是扎花灯的行业也就消失了。

过去山乡有一种补锅、补碗的匠人，挑着担子，走村串户，手里甩着一串铁板片儿，发出丁零零的响声，很受村妇们的欢迎。过去农村缺钱，买一口锅一只碗不容易，一旦破损了，比如锅裂缝了，或是饭碗被小孩子摔成了两半，只要不是摔碎了无法修补，就会请匠人补好再用。那种手艺还真是厉害，看那些补好的破碗，那补丁打的，订书针似的，沿裂缝处均匀分布，既防漏又好看，我就是从补碗匠的手下，知道了什么叫"没有金刚钻别揽瓷器活"的。当然现在这种艺匠是难觅踪影了。

有一种行业，在幕阜山下流行，至今还有市场。这种行业的名称叫"挂流年"。

时间要追溯到二十多年前。那时的山区还很落后，人们多半还是靠远行广州、深圳打工赚钱养家，一般能够混个温饱，要是遇到有人盖了新楼房，那就是稀奇事了。可当我回乡探亲时，发现黄龙山下太清一带盖新屋的特多，我问这些人家是靠什么赚到钱的。五哥说都是挂流年的。

果然，前来看望我的亲朋好友中，十有八九以挂流年为业，有的还是风尘仆仆，刚从数百公里开外赶回来。

二

挂流年起于何时无从考证，其做法与算命卜卦差不多，尊奉道教，以阴阳八卦推算命理，预测未来，属于迷信一类的东西。奇怪的是，这一套东西在本地早已没有了市场，"文革"后就基本上无人问津了，虽说20世纪80年代后政治环境宽松，一些诸如祭祀鬼神、安魂做醮、和尚道场之类的事儿，都尽可以大行其道，但那都是为死人做样子，做给活人看的，真正自己信其有的还是极少数，算命卜卦挂流年这些鬼话就不会有多少人理会了。挂流年的人们，做的全是H省人的生意。五哥说，他们那一带，幕阜山下的太清塅里，到H省去吃这碗饭的，多的时候数以百计，就连一些文化不高、口才不行、胆量不大的，一年也能搞个三五万元，多的年收入在十几二十万以上。所以在那一带地方，挂流年其实成了一个赚钱的行业。

这倒是引起了我不小的兴趣。真是世界之大无奇不有，老百姓说"远处的神仙近处显"，莫非真有此事？

三

来看望我的亲朋中，有一个叫品越的小青年，是远房的姑表亲，呼我为表叔。品越人很老实，且有些胆小，初次见面时，还是怯生生的。小伙子个头瘦小，但很精干，一张脸庞刀削过似的，肺尖肺尖，却有一双炯亮的大眼睛，一个带点鹰钩的鼻子，还有一张一笑就露出俩虎牙的嘴巴，整个给人憨厚可爱的印象。当我问到他的职业时，他即刻脸上泛红，低了头，怯怯地说："在挂流年。"我问他挂流年有什么感觉。他抿嘴一笑："蛮好戏咯！"

我哈哈大笑起来，对旁人说："还是个孩子啊，他也能挂流年赚钱？"

"他就是跟着学呗。"接话的是品越的堂兄品诚，品诚大品越五岁，眼明手快，能说会道，看得出在行内已是个老到的高手了。他说他们村十几人，每次都是结伙出去，大的带小的，会哇的带不会哇的，几次之后，基本上就会了。

在品诚的描述中，我脑海里便出现了一幅特别的图景：

清晨，某地乡镇。朝阳初升，青山如黛，绿水如银。逶迤的山岭脚下，分散着大小不一的村庄，一幢幢小楼与瓦屋相间的房顶上，炊烟已然散去，汇入淡淡的雾霭，飘荡在开满紫色小花的水田上。此时，从镇里走出一群特殊的人们，他们肩背挎包，手拿雨伞，开始还是结对而行，接近村庄时，便分散开来，一两个一起，进入了村头人家。他们一般是以走路累了为由，要借凳子歇脚。然后用心观察，看家中有无老者或小孩，尤其留意看是否有卧床病人——如有，便是动员其挂流年的话头。他们清楚得很，大凡家有老、小、病号三种人的，都有趋吉避凶、预测祸福的急切心理，若以"玄学"的语言挑拨，必能步步深入，取得成效。如没有，就设法套出本村或附近村庄人家的情况，进而逐家逐户搭讪，直到有所收获。

说实话我当时真不知道这挂流年还有如此高深的手段，品诚说挂流年其实就是算命的另一种形式，在H省的一些地方很受欢迎。他们一般是上半年"预订"，即通过口头"算"出人们家里重要人物的过去未来，特别是老人小孩有什么凶险"关煞"，如何"制煞"，得到人们的认同，然后下半年送去流年本，把某人一生的"命运"写上，劝导其家人听信并按照提示办事，以保平安。我说那不就是迷信吗？他说也是也不是。说是嘛，因为他们对人家说的都是"跨门槛"的话，可进可出；是摸着墙壁走路，套出话来说话。比如对久病不愈的人，就像煞有介事地掐指一算，说他目前正走某某运，运中注定要生重病，明年换运，病就会好。然后话锋一转，说这条运很难走，必须加大治疗力度，费些周折，否则会有大难。这种模棱两可的说法，可以说是糊弄人，但也能给病人及家人以信心，鼓励他们积极治疗，说不定就能见效。说不是呢？是因为挂流年的人，都要学会点《易经》八卦，略通点八字命理，用上周文王孔夫子的《彖》《象》二传，推出来的也有不少劝告警醒之处，令人信服。说来也怪，偏就有那么些人，对流年算卦笃信不疑。挂流年的上半年只算命途，分文不取，下半年送流年本上门，要与不要，一律自愿，付费不论多少，绝不讨价还价。如此宽怀大度，竟能获取许多人的信任，一本流年，一般都能收到几十上百元，一些经商从政的甚至出手惊人，而且写了一本还要接着为家人再写，多的一家五六本，人手一册，一个不缺。

四

我兴趣顿生，于是问品诚要来了一本样书，想看个究竟。

那本子就是个手抄本，一半是推演图形，为木雕版印刷，分八字、命宫、长生、胎元、小限、天官宗度、太岁、禄马、恩固、前生凶吉、贫贱、富贵十二幅格子图形，填上命运因果许多要素；另一半为手抄文本，先有一篇运途解说，五年一运，说尽生老病死吉凶祸福，后面是逐年逐月逐日讲解，有点《小二黑结婚》里二诸葛"今日不宜栽种"的味道。细看内容，其中有很多道家术语，还有一些暗语黑话，非道中人绝对看不懂。那些易懂的，就极为讲究，一般都是模棱两可，不做定论，不说绝话。比如说孩子小时要走一条某某运，带水的关煞，很难过去，弄不好有性命之忧。但也不需害怕，"一煞有一制"，然后送上一道制符，吩咐佩戴于孩子身上，并再三交代看好孩子，不使近水，可保无虞。又如老人在走某一条运时，叫你"草绳莫当蛇来看"，紧接着又要你"遇猫须当虎来防"。某运走的是一条好运，"千祥云集家声远，百福年增世业长"，同时又说"如能稳交过，自在少忧心"，意思是不是如不能稳交过，前面说的就不算了？总之他说的似乎有理有据，振振有词，却又不予定论，只教你如何防范。事到临头平安过了关煞，便是照他说的做得好；出了事就是没有防住，或是关煞太强，命中注定躲不过去。家人便也"宁可信其有，不可信其无"，一本流年在手，时时刻刻谨防。

我有时站在苍龙寨上，俯视着太清塬，见这儿还真是个有风水的地方。巍巍黄龙山下，铺展着两个大塅，迂回交错，构成一幅八卦图形，两条溪水穿行而过，灌溉着万亩良田，确保一方黎民丰衣足食。按道家说法，太清乃道德天尊的居住地，属于至上的"三清"圣境之一。人说黄龙山占了中华"龙脉"，从黄龙山主峰东延的那条山脉，把赣鄂两省分开，看上去竟然那么神气那么得意，蜿蜒的山脊像一条龙又像一条蛇；打开两省通道的南楼岭，似雄踞的老虎又似蹲伏的待鼠之猫，令人捉摸不透。像道教尊奉龙虎，正一教的祖庭就在龙虎山，那些挂流年的人，也往往到上太清听几堂课，然后领到一个印有八卦的证件，道是"龙虎山"毕业的道人，来验明自己的正身。可偌大的一个山塅，并无一座道观，徒有"太清"这个充满虚境的名字！想这里与道家定有不解之缘。传说乾隆下江南时，到这里沐浴了山下温泉，感到神清气爽，如临仙境，便恩赐封号为"太清"。显然这个传说远没有做够文章，皇恩浩荡，却应在了挂流年这一旁门左道上去了。

五

多年后我再次回乡，又见到了品越。我发现他明显出老了，身上的孩子气早就荡然无存。身体比以前更加消瘦，脸上两个颧骨更显突出，眼神里似乎多了许多忧郁和不安。我问他现在在哪里做事。他冲我苦笑了一声，紧接着又长叹了一口气："还不是挂流年！"我有些惊讶，心想这么多年了，这些山里人还是没有别的出路，挂流年竟成了一个职业，真是不可想象！品越说他早就不想做了。"都是骗人的事！"他说这些年来，自己总在受良心谴责，常常手里拿到钱心里很不安，再做下去，总有一天会疯掉。"可不做这个又怎么办呢？"他说这句话时显得非常无助。他家中上有老下有小，七八张口合起来尺把宽。父母的身体不好，虽有农村医保，自己还得出不少钱。两个孩子在县城读书，不仅学校里要钱，还要上各种补习班，费用昂贵得吓人。更无奈的是自己放着乡下房子不住，却要到县城租房，为孩子陪读。算起来，各种费用，加在一起就是巨大的压力，不但要他拼命赚钱，赚少了都不行。我瞧着眼前这个小个子，心想如果叫他去挑砖砌墙干重体力活，也真不实际。他聪明好学，脑子好使，要不听他讲起挂流年来，怎么一套一套滚瓜烂熟呢？可惜用错了地方！

品越对我说这些的意思我心里明白，他是想要我帮他找份别的工作，来替代现在这个很不情愿的行当，其实品诚和其他好几个亲戚也都向我表达了这个意思。我突然感到自己是那么弱小，那么无能为力。那时我还是在一个非常有权力的部门工作，还担任了不小的领导职务，可我却不能帮助他们摆脱尴尬的困境，让他们走上一条心安理得的就业坦途。想起老子"圣人常无心，以百姓心为心"的教诲，我真的无地自容。

和往常一样，品越他们陪了我两天就走了。因为过了国庆，他们就要带上流年本子，送到H省去，说难听点是去收钱，当然也是去考验自己工作成果的。品诚开玩笑说："我们是两只手'打时'，骗人家也在骗自己，一年能赚几个钱，上半年要看有多少人愿意听你的鬼话，下半年要看有多少人相信你的鬼话！"

我常想，挂流年这种玩意儿，别说在城市，就是在农村，恐怕大多数地方早就没人信了，可为什么在H省那些地方却经久不衰？想来真的有些怪异。挂流年的人们也曾想扩大范围，便到湘鄂赣周边试了试，结果其他地方怎么也打不进去。H省那些地方起初也管得紧，常常有人被公安局抓捕，则得躲躲闪闪。

六

据说很久以前，大约是清朝中后期吧，有一年幕阜山脉中东段一带发生瘟疫，老百姓叫作"流稀豆"，来势凶猛，传染性极强，且无药可治，不可遏止。就在病灾肆虐、人心惶惶时，来了一个高人，他就是来自黄龙山下太清塬的江湖郎中，人们叫他"胡半仙"。他自制了一种草药，做成沫子，走到哪里散发到哪里，病人一吃就好，立见成效。于是胡半仙成了当地人们的救星，对他简直是顶礼膜拜。久而久之，他的徒子徒孙越来越多，信誉也越来越高，只要说是"江西太清塬来的"，人们无不信奉，纷纷请来算一算自家老人、子孙的命运，特别是添丁进口之家，把新生儿看作掌中之宝，不论家境好差，都要请上一本，年年月月照章行事，以保躲灾避难，平安成长。

然而挂流年毕竟不能与儒道同日而语，这种雕虫小技，在文化程度愈来愈高、科学知识愈来愈普及的今天，虽有一点市场，但许多善念尚存的挂流年者，是并不情愿做下去的。尽管他们赚了点钱，有的甚至赚了大钱，可这种钱非取之有道，会使他们心中有愧，越是有良心的越感不安。

七

前不久，五哥来城里看我时，说品越出事了。

那是在他们村里一个老人去世的道场上，本来品越是在帮忙"做动用"的，那天白天他做了一天的事，都是在和尚边上转来转去，到了夜里，他却不见了，村里人找遍了他可能去的地方，又打电话给附近的亲戚朋友，都不见人影。他妻子说，很久以来，他就有一种奇怪的毛病，晚上睡梦中经常惊醒，说听到祖宗骂他，叫他别再做缺德事了。特别是儿子越大越调皮，学习成绩上不去，引起了他极大的忧虑，以为是他长期挂流年的报应。他也多次想不挂了，找点别的事做，哪怕收入少一些，可找来找去硬是找不着，他只得背负着沉重的枷锁重走老路。有人说品越得的是抑郁症，弄不好会出大问题。"最后还是品诚要得。"五哥说，是品诚从屋背岭上那块大岩石上发现他的，他呆呆地坐着，抬头望着天空出神。品诚说品越本来心里就有郁结，听和尚念唱着"五蕴皆空，度一切苦厄"之类的经文，触发了情绪，便有了做傻事的念头。

五哥说，当时的场面很杂乱，品越回屋里后，人们还在议论纷纷：

"好得诚伢想得准，知道到屋背岭上去找，要不怎么得了！"香火师六子心有余悸，显然吓得不轻。

　　"其实我还不是一样不想干了，怎么办呢？一家一档，总要活命啊！"品诚摊开双手，发着牢骚，与他一起外出的伙伴"就是就是"地呼应着。

　　"唉，这算啥子事啊！"八十多岁的老生产队队长扯了扯披在肩上的棉袄，重重地叹了口气。

　　听罢五哥的叙述，我心里很不是滋味。夜里躺在床上，脑子里一会儿是窗外街道上的车流声，一会儿是乡下道场上的铜鼓唢呐声，一会儿又是挂流年的念叨声，各种声音嘈嘈切切，轮番轰炸，竟不得入眠。

介石堂记

我家的祖堂名叫介石堂。

"介石"二字，源于《周易·豫卦》："介于石，不终日，贞吉。以中正也。"注曰："介如石焉，宁用终日，断可识矣。君子知微知彰，知柔知刚，万夫之望。"象征坚持操守，不改变坚贞美德。

少不更事的时候，我总在心里暗暗埋怨老祖宗，怎么起了这么一个名字？据家谱上记载，我们这一支是朱熹嫡传，从我这一辈上溯三十代，祖先便是朱熹。介石堂上的祖牌位正中央，刻的是"紫阳堂上一脉相传故祖考妣位"，用的就是朱熹的堂号。算来介石公是朱熹的第二十二代孙，正是我的"八辈祖宗"。介石堂初建于清嘉庆年间，距今已逾二百多年了。本来建房时介石之父星五还在世，堂号应叫"星五堂"的，可星五公摇了摇头，坚持叫介石堂。其时介石公正值壮年，是一个十里八乡颇有名气的郎中，他最拿手的是眼科，几乎举手疾愈，药到病除。他的医德又高，只要是来请他去看病的，不管早晚，无论寒暑，随叫随走，风雨无阻；病家若是贫困，还会免收费用。因此颇得人们赞誉，前来请他去医病的络绎不绝，门前轿子经常排成长队。星五公认为堂号就是品牌，要看安在谁的头上合适。儿子行医名传乡里，就应把他的名字打出去，把这个品牌叫响擦亮，最起码便于前来就医的人辨识。至于自己，一介农夫，身无长物，就退居幕后得了。从此以后，介石堂享誉百年，而星五公则隐姓埋名，就连许多后裔都叫不出他的名字。我经常为有如此仁慈厚德的先祖而自豪，虽为父子，其高尚品性亦令人敬佩。须知在历史长河里，上至朝廷皇族，下至乡野庶民，因争名夺利而父子相残、兄弟阋墙的事儿是并不鲜见的。

同大多数农村祖堂一样，当年轮转到21世纪初叶时，介石堂猛然间发生了翻天覆地的变化，延续了千百年的家族聚堂而居的局面，竟在十几二十年间悄然瓦解了。因外出打工而手头宽裕了的人们，不满足于比屋连甍的大家族居住的方式，纷纷搬出祖堂老屋，另起新居。新时代的农民们，从此搬离了简陋逼仄、潮湿阴冷的砖瓦平房，结束了烧火炉、蹲茅厕、鸡鸭混杂的穴居式生活，住进了宽敞明亮、楼上楼下的别墅式新居，过上了用席梦思、大沙发、燃气灶、坐便器的城里人日子，真的是今非昔比，鸟枪换炮了。

这一乡村变化非同小可，它是继封建制度牢笼崩毁之后，封建思想藩篱被冲破的一个重要标志。它意味着中国两千多年的小农经济体系业已解体，只要能够健康正确地走下去，人们的思想就会挣脱"画地为牢"的束缚，放开手脚寻求发展，中国社会就必能走上现代化的康庄大道。

然而"物之新成，必有其瑕"。社会在发展过程中，不可能十全十美，难免存在这样那样的问题。一如行路，总有崎岖难行之处，走过坎坷，方得坦途。

那一年，新农村建设方兴未艾，介石堂有幸被列入了维修改造的行列，摇摇欲坠的老屋得到了翻修加固，还对每家每户实施了"三改一硬化"工程。凡是老旧的茅坑式的厕所，一律改成新式的冲水厕所；凡是农村厨房，一律进行改造；凡是放养的鸡鸭，一律规范养殖区域。村庄庭院一律硬化，过去晴天一脚灰雨天一脚泥的室外道路地场，全部铺上水泥，直达家家户户。这是一件多好的事啊，许多本应自己做的事情，都由政府帮助做了，一些自己没有想到的事情，政府也为你做好了。一切都是那么理想、先进，一切都是那么实在、实用，广大百姓欣喜若狂，都说是福从天降，做梦都想不到！然而就是这么一件大好事，在实施过程中，却遇到了令人啼笑皆非的尴尬事。一些人出工消极应付，办事见利忘义，甚至出现了把建工材料据为己有的损公肥私行为，搞得维修费用突破了预算，不得不临时追加，造成了不应有的困难，令人大跌眼镜。

后来我一打听，发现这事儿还不是孤立现象，在当今农村，类似情况并不鲜见。现在的农村，每年开春青壮年外出打工后，便出现了一些无事可做、游手好闲的中老年人们，被称为"有闲阶层"，他们都由儿女们寄钱回来供养，自己不用发愁，家里的田土都是花钱请人耕作，也无须自己劳动。于是日复一日，他们要么坐上牌桌，赌点小钱，要么东游西逛，邀三聚五，喝茶抽烟，打发时光。这些人平日里无所事事，可一旦地方上遇到了突发事件，比如哪里发生了山火山洪，哪里需要扶危救急，他们一般是不会上前的，避之唯恐不及。凡是不牵涉到自己利益的事情，他们一概袖手旁观，"闲事莫管，无事早归"，毫无责任心可言。而一旦遇到与自己利益相关的事，一些人便"屁股夹得线断"，立刻打起了损人利己的算盘。凡是公家办事，见到有用的东西就往家里捞，认为姓"国"的东西，不捞白不捞，捞了也白捞。就连一些超市、商场搞促销，做一些食物供人们试吃试喝，总是有人争先恐后，反复抢吃抢喝，不成体统。当然这些现象不仅农村有，就是一些城市里也不少见。有的甚至在大型超市靠试吃填肚子，循环反复吃，直到吃饱为止，有的超市被吃怕了，不得不停止这项活动。特别可恶的是有些搞"内外有别"的人，他们良心泯灭，唯利是图。种稻谷的为求高产量，在准备把稻谷卖出去的田里大打化肥农药灭虫剂，卖的是毒大米，留给自己吃的却宁可产量低，也要保证无毒无害。以此类推，那些养猪、养鱼、种蔬菜的，也是把添加了催生剂、有害饲料的卖出去，把无公害的留下自己食用。这种人机关算尽，赚了昧心钱，唯有一条算不到：他们其实是在互相加害，恶性循环，害了别人，自己也在受人之害。至于外出打工的人里面，也不乏无良之辈。有的不愿靠力气赚钱，搞偷盗抢劫；有的参与传销、电信诈骗等不法活动；有的不顾羞耻从事地下卖淫勾当。乡村里时不时地就会出现这类涉案人员，把社会风气搞得每况愈下，人心不古。

　　行走于乡村，我的心情是既欣喜兴奋又忧虑重重。如今乡村最需要振兴的，既有物质文明更有精神文明，相比之下，道德风尚建设尤为突出。一个地方乃至一个民族，如果理想缺失，道德败坏，公正缺位，诚信瓦解，甚至邪恶狠毒、冷漠无情，那就是一盘散沙，毫无凝聚力，不仅难以发展前进，而且难挡外敌，难抗灾害，遇有不测，一击即垮。想到这些，不禁令人不寒而栗，坐立不安。

　　于是我想到了教育，想到了"立德树人，教化育人""师者，所以传道受业解惑也"的箴言。带着这个想法，我又一次踏进了介石堂。

介石堂确是老了，虽说进行过维修改造，但苦于无人照管，才十来年时间，就又令人看不下去了，不说断垣残壁，也是摇摇欲坠。堂前的左边，已被翻盖成一幢独立的二层小楼，使原先高大的堂门突然变得矮小狭窄，本来整齐划一的砖墙瓦檐，也被分割成几段，不成样子。门前的一口圆形池塘，也被扩建私房的住户填掉了一块，变得不圆不方，一池清水在杂草丛中喘息。过去那个有模有样的祖堂，如今在周围一幢幢簇新的楼房包围下，显得猥琐可怜。

尽管如此，可祖堂还在，祖堂的灵魂尚存，那块刻有"紫阳堂上一脉相传故祖考妣位"字样的牌位还端坐在祖堂的神台上。我脑海里突发奇想，能否把祖堂开发利用起来，改造成一个社会主义精神文明教育的场所呢？我把这一想法告诉了同行的乡里书记小胡，小胡听了连连叫好，说这个构想令他脑洞大开，不仅是介石堂，其他能修复的空置祖堂都可以用起来，这样一来，不仅为解决农村"空心屋"问题提供了新的思路，还能在乡村形成一个民间教育网络，列入新农村建设的整体规划，把精神文明建设这一块振兴起来。

几经商讨，我们确定，以朱熹的家风家教为题材，把介石堂打造成一个小型的"家风教育馆"，由乡、村两级组织管理，供本村本地段的人们开展学习教育和文体活动。

春天里，介石堂又一次迎来了修缮改造，腾空所有房间，按照"馆"的格局进行布置。祖堂上下堂前张挂朱熹诗词语录，还请了几位朱姓名人书写题词，附上他们的简要事迹，悬挂在醒目位置上，用来激励人们的荣誉感和上进心，使整个厅堂洋溢着浓厚的文化氛围。把几个耳房布置成学习教育场所："谱系名人室"分两个部分，一边绘制出家族谱系图，以昭示介石一脉的来龙去脉，彰显祖宗荣耀；一边悬挂朱姓名人朱熹、朱德、朱柏庐、朱自清、朱载堉、朱光亚等各个领域极具代表性的人物画像，以榜样的力量启迪人们，引导人们自觉做到品端行正，高尚为人。"朱子教谕室"是学习儒家经典的场所。正面安放朱熹的石雕像，两面大墙上全文张挂"朱子家训""白鹿洞书院教规"。人们进入房间，都要行敬师礼，朗读家训、学规条文，铭记先祖教谕。"阅读求知室"其实就是一间农家书屋，有藏书两千余册，还安装了两台电脑，既便于网上阅读，又可以连线视频远程通话。我为之起了个"承启山房"的斋号，意为承前启后，继往开来。我们的设想是主抓"一老一小"：组织老年人在这里开展文体活动，寓教于乐，逐渐提高人文素养；组织中小学生在这里开辟第二课堂，每个学生双休日拿出半天时间，来这里温习儒家礼数，广泛阅读书籍，同时安排留守儿童与在外打工的父母视频通话，以抚慰留守儿童的孤寂心灵，缓解子女与父母的思念之情，减轻骨肉分离之痛。

应该说这个小馆的设计和活动安排是有点特色的，它就像小花一朵，盛开在乡村的荒野里，绽放着绚烂的色彩。它为农村道德风尚的建设开了一条新路，为乡村振兴注入了新的活力。然而"理想很丰满，现实很骨感"。小馆建成不久，热度就迅速下降，渐渐地，不仅各种活动开展不起来了，就连图书室乃至电脑前也无人问津了，费尽心机搞成的布展成了摆设，房中物件落下了灰尘。千辛万苦修缮一新的祖堂，倒是给这个家族带来了方便，为族人举办红白喜事，提供了一个相当宽敞的场地，无论祭祀婚庆摆酒宴客，都是风雨不惧寒暑皆宜。岂不叫人啼笑皆非？

　　我知道导致这样的结果，是因为这个"新生事物"目前还没有列入基层工作范畴，属于额外的负担。上面没有下达任务，工作推动没有动力，自发组织没有人手。现在基层的本职工作压力巨大，基层干部都是"白加黑""五加二"，忙得脚转筋，再要加压，真的无法承受。说实话我是带着一腔热血去做这些事的，我虽到了"超然于物我之外"的境地，但"天下兴亡，匹夫有责"的道理还是铭刻在心的，能为家乡乃至整个社会的进步做点微薄贡献，便觉得吃饭也香睡觉也踏实。而对一些负面的东西，总是有一种骨鲠在喉不吐不快的情绪。就比如道德风尚建设、思想素质提高的问题，这是事关国家民族生死存亡，事关高质量发展的百年大计、万年大计，绝不可不闻不问。正如专家所言：一个国家，一个民族，没有科学技术，一打就垮；没有人文精神，不打自垮。我总以为，事情再多，头绪再繁杂，那些极其重要的、带根本性的事情，是千万不能忽视的。我认同伟人说的话："思想落后于实际的事是常有的，这是因为人的认识受了许多社会条件的限制的缘故。"但我还是寄希望于有识之士，尽快突破这个限制，加强农村乃至全民族的道德风尚建设，不断提高民族素质，深耕人文精神，真正实现高质量发展，建成真正意义上的中国式现代化。

　　又一次踏进介石堂的时候，是一个寒冬的日子。因我的一个婶娘仙逝，我前去祭奠。我们那里的风俗有点特别，一个老人去世，要做三天三夜的道场。这道场的内涵很复杂，既有封建迷信的东西，也有仁义忠孝的成分，内容包罗万象，儒释道混杂，形式基本上以佛教为主，以和尚领头，以佛经为本章，夹杂加入一些诸如二十四孝、六道轮回之类的说唱，意在劝诫后代如何做人做事，正道直行，倒也不失为一种教化方式。做道场比较讲究排场，张扬声色，因此需要有一个宽敞的场地。我看到，彼时的介石堂，被装饰得光怪陆离。堂前周边挂满了幡带画图，把家风教育馆的布展遮盖殆尽。上堂前正中是一个道台，由两张八仙桌拼接而成，用道场专用的黄布遮盖，道台后面是一幅高大的背景图，上绘生死阴阳各种图案。背景图的后面是一副木制棺材，里面躺着死者遗体。台面上几支大蜡烛熊熊燃烧，把堂前照得通明。几个吹鼓手围台端坐，有吹唢呐的，有敲锣打镲的，按照程序循环往复地吹奏敲打。台前是一个或两三个号称"和尚"的中青年人，头戴僧帽，身披袈裟，手执招魂幡和小钹，边诵唱边手舞足蹈。他们的身后便是死者的孝子贤孙，凡直系血亲一律身穿白色孝服，旁系亲属则头顶一块齐腰长的孝布，随着和尚的示意跪拜。因为家族源远流长，开枝散叶繁多，戴孝的也多，加上不少前来看热闹的乡人，偌大一个堂前，上下两重，几乎全站满了人，煞是壮观。

我因杂事缠身，不便久留，在婶娘的灵位前长跪四拜后，便离开了介石堂。跪拜的时候，透过那些烛光幡影，我分明看见了祖堂神台，看到了堂上那副"介声微彰显；石品柔刚知"的对联和"万夫之望"的匾额，还在一片乌烟瘴气中顽强地焕发出熠熠光芒。

跋

　　几经描画，终于完成了这幅"山居图"。

　　面对此图，我感慨万千。虽然我的水平粗浅，写不达意，工不尽笔，使出浑身解数，也难决心中之块垒。但对于一个来自山乡、心念山乡、渴盼山乡美好的游子来说，我总算是尽了一点绵薄之力，解了一点无限乡愁。面对生我养我的土地，面对呼我唤我的山川，面对爱我怨我的草木，我终于用我嘶哑的嗓音，唱出了一首深沉的思乡之歌。

　　许是个人偏好之故？我写散文不喜欢写那些风花雪月、自我感叹的题材。我以为文学最大的使命是关注社会，与社会发展同呼吸共命运，通过观察与思考，善于发现问题，敢于匡扶正义。因为任何社会形态，在发展过程中，总会存在各种各样的问题，不可能十全十美，一帆风顺。这就需要有人发现问题，提出意见，促使社会沿着正确的轨道前进。文学不仅有传播正能量的义务，更有批判现实的责任，换句话说，文学具有社会担当的本性。所以说，搞文学创作，社会责任应该是第一位的。

　　我笔下所关注的，是农村农民。其他题材也写过，比如军旅题材、城市生活、人生感悟等，但主要笔触还是集中在农村。16年前我出版了一本《沉静的山歌》，那是对旧时山乡的一种追忆，是一曲深藏在山民心中的壮歌。而这本《山居图》，则是对山乡发展脚步的追寻，是对山民生活光景的关切，是鞭策乡村振兴的呐喊助威，是激励人们奔向幸福的劳动号子。

　　我来自农村，深知农民之苦、农业之重、农村之难，对农村的感情难以割舍。中国虽然经过快速发展，城镇化率貌似达到甚或超过了60%，但"三农"问题仍然是需要高度重视的大问题。我出生在赣西北幕阜山区，那里有秀美的山水风光，有深厚的历史文化，特别是有可亲可敬的山区农民。那里的过去是贫穷落后的，改革开放以来，特别是党的十八大以后，那里也和全国各地一样，发生了翻天覆地的变化，路好走了，房好住了，吃穿不愁了，生活条件改善了，日子过得轻松了。然而不能不看到，有两个大问题摆在农村面前，无法回避。一个是农民致富，大都建立在靠背井离乡外出打工赚钱的大前提下。"打工族"一代接一代，家里全靠打工收入维持生活。农村的农田基本荒废，农业收入几乎为零。把所有希望寄托在一条路上，是非常危险的。一旦沿海打工之路出现变故，农民的出路就堪忧。第二个是农村的精神文明建设亟待加强。现在的农村，物质上富有了，精神上却贫乏了，封建迷信盛行，各种陋习充斥，道德观念淡薄，是非好坏不分，这些现象并不鲜见，十分令人担忧。特别是农村的孩子们生活在这样的环境下，耳濡目染，潜移默化，对他们的身心健康会产生很大的负面影响。如果听任这种文化糟粕肆意横行，任其污染后代，那么农村将会滑向道德沦丧、世风败坏的深渊，造成难以挽回的损失。农民的身体状况问题也日趋严重，很多人不爱运动，不注意饮食结构，"城市病"早已侵害农村。因此，农村的现状还是令人担忧。

中央反复强调："要统筹推进新型城镇化和乡村全面振兴，促进城乡融合发展。"这是高屋建瓴之策，切中要害之举。那么怎么融合发展？我认为，当前需要下大力解决好三大课题：

一是要大力调整农村产业结构，建立因地制宜的新型农村产业链。除了一些国家商品粮基地外，一般的农村都应找到适合本地特色的发展模式，形成各具特色的综合体。比较多的是以旅游休闲为核心的产业链，很多地方的实践证明效果很好。

二是要大力发展各地的城镇工商业，形成能够就地容纳农民工的就业仓。各地城镇建设一个十分突出的问题，是第二产业跟不上，光是楼房建得多，摊子铺得大，却缺乏相应的产业结构，忽视造血功能，因而吸纳不了人、留不住人，城乡协调发展就是一句空话。这条路不开通，农民工就业就没有保障，乡村振兴就缺乏基础。

三是要大力提升农民素质，培育健康向上的农村新风尚。要采取切实可行的措施，推进农村"五破五立"：破除唯利是图思想，树立诚实守信新风；破除封建迷信习气，树立科学理性新风；破除铺张陋习，树立节俭新风；破除低俗娱乐习气，树立高雅娱乐新风；破除不良生活习惯，树立健康生活新风。通过扶正祛邪，切实涤荡封建文化糟粕，传承中华优秀传统文化，构建焕然一新的良好社会风尚。

举凡世界各国发展的事实，无不证明，只有真正实现农村振兴了，城乡协调发展了，才能在真正意义上实现国家现代化。这是我们每个公民的历史使命，我们都有责任为之奋斗。文学工作者只有把自己的写作与社会发展紧密联系起来，才能发挥最大的作用，实现最大的价值。这也是我创作此书的不竭动力。